청공 김종석 문학전집 5 · 희곡
얼이둥둥 지금 여기 심청전

국립중앙도서관 출판예정도서목록(CIP)

얼이둥둥 지금 여기 심청전 / 지은이 : 김종석. -- 서울 : 한누리미디어, 2017
  p. ;   cm. -- (청공 김종석 문학전집. 희곡 ; 5)

ISBN 978-89-7969-754-4 04810 : ₩16000
ISBN 978-89-7969-749-0 (세트) 04810

한국 현대 희곡 [韓國現代戲曲]

812.6-KDC6
895.725-DDC23   CIP2017018686

청공김종석문학전집

얼이둥둥
지금 여기 심청전

청공 김종석 문학전집 5

한누리미디어

감사합니다

모든 영화로움과 더불어 전체 영광을 청해 무상사님께!

충북 영동군 초강은 저에겐 시의 자궁
江乃詩, 강이 곧 시이고
詩乃人, 시가 곧 사람이며
人乃愛, 사람이 곧 사랑
愛乃天, 사랑이 곧 하늘
天乃人, 하늘이 곧 사람입니다

빛소리 「관음법문」 행법으로
사랑 자유삶 자체이고자 용맹정진하는
백호 백남오 동수님에게 이 책을 명상선물로도 바칩니다

선물처럼 관찰자가 관찰되는 대상으로 읽혀져야
비로소 명상에 드는 것입니다. 이와같이
명상하는 명상자만을 명상하여야

명상자가 사라지면서 명상다움만 남습니다
이때 그대가 하느님 붓다 사랑 사람 하늘 지혜
평화로움입니다

제 아무리 본질이 숨어있기를 좋아한다 하여도
용맹정진하는 지극정성 수행자 앞에선
참나를 드러내는 이것! 더 좋아합니다

'옛적부터 늘 계시는 분' 께서
어느 날 홀연히
한송이 꽃으로 피어나는 거 더 좋아합니다

그 향기 무한대로 퍼져 나가게
도와주시는 우리 내면의 스승님,

언제나 빈부귀천 차별없이
만물 속 어디에나 다 스며 계시고
은하 우주천지 두루 빠짐없이 다 스며 계시는
청해 무상사님,

감사합니다!
감사합니다!
감사합니다!

자신의 생각을 자신이 맨 먼저
늘 주시하면 주시자가 없어지고
주시자가 없어진 그 자리에
'옛적부터 늘 계시는 분'

주시 자체로 주시하시는 이 분
생각 이전의 행동 이 분
전체성의 행동 이 분 청해 무상사님!

새해 큰절 세 번 드립니다
침묵의 눈물 맑게 드립니다

제자 김 종 석

| 차례 |

청공 김종석 문학전집 5 · 희곡
얼이둥둥 지금 여기 심청전

1 당신의 욕망은 안녕하십니까? ·············· 13

2 당신의 사랑은 살아있습니까? ·············· 81

3 당신의 삶은 누구십니까? ················· 139

4 심청 손녀들이 판 갈다 ···················· 221

차례 11

당신의 욕망은 안녕하십니까?

등장인물

어부(60세)
심청(17세 고1 자퇴)
심봉사(63세 장님 쑥뜸)
남학생 1 · 2 · 3(모두 18세 고교생)
단골손님 1 · 2 · 3 · 4
교장(45세 캥거루 교실)
선생님(40세 캥거루 교실)
학생들(십대 미혼모 캥거루 교실)
금력가(56세)
권력가(58세)
공무원(33세)
한의사(30세)

제 1 막
— 제 1 경 —

막이 오르면

초봄,

인당수 바다가 쑥뜸집 한 채를 마치 어머니처럼 품어주고 있다.

대청마루엔 메트리스가 넉장 나란히 깔려 있는데 그 좌우로 닫힌 방문—.

이따금 방문 고리가 바람에 흔들린다.

고요로운 파도소리,

인당수 그 맑은 물결이 햇빛에 찰랑이고 동시에 새하얀 스크린이 무대 안쪽 전면에 펼쳐지더니 유니버설 발레단의 용궁영상이 수천 년 된 침향 연기처럼 그윽히 피어오르는가 싶었는데 아니, 어느새 향연기보다 더 뚜렷한 향연기로 몸들이 우러흐르는 극치의 율동 용궁춤이 아름답고 황홀하게 지속되고—.

심봉사   (용궁 위에 떠 있는 상자를 향해 간다. 심청을 만난 지난 날의 인연이 생생히 되살아난 것이다. 상자 속에서 갓난 아이 울음소리가 다시 들리고 그럴수록 더 깊이 깊숙이 바다에 빠져들더니 더듬더듬 상자를 겨우 붙잡아 보듬으며 웃자 더욱 크게 우는 아이의 울음소리) 아그그 아가야! 니가 누고? 널 버린 에미년은 누구냐? 웅, 웅, 으응? 에구 에구 우지 마 우지 마라니까. (울음 그친다) 어디 보자꾸나. (뚜껑을 열고 상자 속 아이 몸을 조심조심 더

듣는 듯) 아이쿠 이 손이 덜커덕 가만? (상자 속에 다시 손을 넣더니) 아랫도리에서 덜커덕 걸려야 하는데 이럴 수가? 아랫도리에서 미끄럼틀을 타듯이 이 손이 쭈우욱 미끄러졌으니 이, 이, 이건 분명 딸이렸다. 요, 용궁이 준 딸. (아이 울음) 오, 오냐 젖공양으로 내 널 키워주마. (울음 그친다) 아그 아그그 혹시 웃는 거냐? 웃는 거! 보여줘 으응? 아가, 아가, 아가야 죽은 거냐? (큰 울음) 뚝! 뚝 그쳐라―! 그래 그래 이제부터 우리 삶은 늘 눈 뜬 채, 울 땐 울고 웃을 땐 웃고 사는 것! 가꿍 도리도리 가꿍!

심청   (무대 오른편 방문이 열릴 듯 말 듯하더니 쏘옥 내밀고 나오는 얼굴이 아버지를 향해 방문 고리를 흔든다.)

심봉사   (아이 울음 환청과 용궁 영상이 함께 서서히 사라지고 방문 쪽으로 얼굴을 돌린다) 딸?

심청   (침묵)

심봉사   몇 살?

심청   이팔청춘 더하기 하나.

심봉사   열일곱.

심청   (침묵)

심봉사   (침묵)

심청   (문 활짝 열고 사뿐사뿐 나오더니) 엄마가 누·구?

심봉사   (끄덕인다)

심청   보·고·싶·다?

심봉사   (끄덕인다)

심청	(흐느낌)
심봉사	엄·마·가·누·구?
심청	인·당·수·바·다!
심봉사	그 엄마마저 새만금처럼….
심청	(슬프고 두려운 듯) 나·는·고·아·중·에·고·아!
심봉사	(침묵)
심청	아·빠·홀아비 중에 오라비!
심봉사	(한숨)
심청	(고독감을 떨치려) 아빠, 아빠, 나 스스로 엄마가 되어 엄마 없는 걸 극복할래요.
심봉사	뭐어?
심청	날 좋아하는 오빠가 셋 있는데….
심봉사	동사무소에 가야겠다.
심청	(움직이지 못하게 지팡일 붙잡고) 오빠가 셋 있는데 날 사랑한 대요.
심봉사	(침묵)
심청	오빠들이 생물시간에 그거, 어으, 아빠, 남자 몸 속에 있 는 올챙이 같은 그거 끌어내어 현미경으로 봤대요.
심봉사	올챙이?
심청	올챙일 봤어요?
심봉사	올챙이가 몸 속에 있다고?
심청	예.
심봉사	병원에 가야 할 환자구나 응? 그래서?

심청	그게 아니라…… .
심봉사	아니라면?
심청	사랑 씨앗, 생명 씨앗.
심봉사	?
심청	그거만 있으면 이 딸이 엄마가 된다구요!
심봉사	(주저않는다)
심청	그거 고무봉지에 담아와서 내게 바치라고 했어요.
심봉사	뭣?
심청	(침묵)
심봉사	니가 엄마가 될 수…?
심청	예
심봉사	학교는?
심청	사랑이 더 중요해요.
심봉사	(가벼운 몸 떨림)
심청	엄마가 되어 엄마 사랑을 베푸는 일이 더 좋고 더 아름다운 학교예요.
심봉사	(힘겹게 지팡일 뺏아 일어서면서 나간다)
심청	모셔 드릴게요.
심봉사	아, 아니다.
심청	가슴으로 살고 싶은 제 본심은 받아들인 거죠?
심봉사	인당수 살리면 청아, 내 딸 청아, 니가 어린 엄마로 살겠다는 거 포기하겠느냐? 그렇지?
심청	그래도….

심봉사	(더듬더듬 퇴장한다)
남학생들	(밖에서 웅성웅성하더니 세 사람 동시 등장. 합창하듯이) 아직도 따스합니다. 사랑의 씨앗, 새생명 씨앗입니다! (콘돔에 담긴 요구르트 같은 그것을 세 사람 똑같이 내민다)
심청	(떨리는 맘 가다듬으며 경건히 받는다)
남학생1	얼굴 마사지하는 거 아닙니다.
남학생2	요구르트가 아닙니다.
남학생3	현미경 관찰용이 아닙니다.
남학생들	우리들 생명이 그대 속에서 활동하게 하소서!

심청, 생명을 두 손으로 모아 가슴에 꼬오옥 품는다.

남학생들, 손으로 사랑의 무드라를 표하며 퇴장.

심청, 사랑 씨앗을 가슴에 품은 채 무릎 꿇는다. 기도 후 고요히 눕는다. 가슴에 품은 그 씨앗을 자신의 가장 깊고 뜨겁고 존엄한 곳, 성스러우며 은밀한 그곳으로 두 손이 내려가더니 정성껏 붓는다. 지극심으로 그 곳이 받아들인다. 한 봉지, 두 봉지, 세 봉지, 젖어드는 호흡소리 — 가쁜 듯 익어가는 그 소리를 덮치며 휘감는 인당수 파도소리와 갈매기 울음소리, 그 사이로 땀 젖은 숨소리가 겹치고 포개지면서 퍼지는 묘음 —.

서서히 불이 꺼지고 고요롭고 고요로운 잠 —.

— 제2경 —

먼동 빛보다 더 희꺼먼 무대 극이 진행될수록 점점 밝아온다.

단골손님들   (알몸으로 엎드려 누웠고 쑥뜸 연기가 여러 곳에서 피어오른다)

심봉사   사람 몸은?

심청   우주 축소판. 지구가 오대양 육대주로 살아 있다면 사람
은 오장육부로 조화를 이룹니다.

심봉사   혈관과 피는?

심청   지구를 흐르는 강과 같습니다.

심봉사   우주 에너지 90%는 우리 눈엔 안 보여. 그래서 암흑물질
이라 부르는데 니한테는 이것이 몇 % 있느냐?

심청   저에게 암흑물질이 없는 건 아니지만 인당수에 빠져서
보면 그것이 전체 광명물질로 바뀌기 때문에 꼭 몇 % 있
다거나 말할 수가 없습니다.

심봉사   인당수에 빠져서 지금 타오르는 쑥뜸을 보아라.

심청   네!

심봉사   아주 미세하지만 이상한 것이 무엇이냐?

심청   (결가부좌 자세로 삼매에 든다) 쑥이?

심봉사   (침묵)

심청   쑥이 농약을 미세하게 머금고 있어요. 쑥뜸을 중단해야
합니다.

심봉사   괜찮다.

심청	안 됩니다.
단골손님1	우릴 죽일 참인가요?
단골손님4	쑥뜸을 거두어 주십시오.
심청	거두어야 합니다.
심봉사	괜찮다.
단골손님2	어째서 거두지 않습니까?
단골손님3	저는 거두지 마십시오. 본래 병없는 몸으로 돌아가는 느낌이므로 거두지 마십시오.
심청	그게 아닙니다.
심봉사	며칠 더 이 쑥으로 쑥뜸을 뜨면 다른 분들도 곧 본래 병 없는 몸으로 나아갈 것이다.
단골손님1	나도 본래 병 없는 몸으로 살아가고 싶어요.
단골손님2·3	믿겠습니다.
단골손님들	(뜨거움을 견디는 신음一)
심청	(결가부좌 풀더니) 미세하지만 농약 머금은 쑥인데 그것이 뜸을 통해 본래 병없는 몸으로 나아간다니 왜 그렇습니까?
심봉사	인당수가 준 선물로 널 받아 키우며 긴 세월 함께 살아온 이 애빈 널 볼 수가 없는 장님이다. 그렇다고 이 애비가 널 모르겠느냐?
심청	아빠가 아빠를 훤히 아시면 이 딸도 훤히 아십니다.
심봉사	이 애비는 애비를 잘 모른다. 그래서 딸을 잘 알지 못한다.

심청   아빠는 언제나 모른다는 사실을 잘 알고 계시고 잘 알지 못한다는 그 사실을 언제든지 훤히 꿰뚫고 계시기에 이 딸이 늘 배우고 있어요. 끝없이, 끝 모르게 배우고 있어요. 제게 아빠는 결코 장님이 아니십니다.

심봉사   장님이 아니라고? 아니다. 아가야 그건 아니다.

심청   거의 모든 사람이 두 눈 뜨고 있어도 암흑물질을 볼 수가 없으나 제겐 아빨 제외한 수많은 사람들이 오히려 당달봉사입니다. 이걸 극복하려면 인당수에 빠져 죽어야 한다고, 그리 죽어야만 거듭나서 아빨 비롯한 수많은 장님들, 당달봉사들이 눈뜨기 잔치를 펼칠 수 있다고 하셨잖아요. 이 거룩한 일을 가장 잘 성취한 니 언니 심청이 언니를 청아, 청아, 심청아, 니가 절대 잊어선 안 된다고 이 딸한테 타이르지 않으셨습니까?

심봉사   그건 그러하고 그러하다만 이 애비는 장님인 걸….

심청   아빠아─! 그럼 이것부터 답해 주세요. 농약 머금은 쑥인데 그 쑥으로 뜨는 쑥뜸이 본래 병없는 몸으로 나아간다 하셨으니 왜 그렇습니까?

단골손님3 으윽, 시원하다아─.

단골손님1 뜨거운 것이 뜨겁지 않고 시원해 으어 시원해라.

단골손님2 그래, 나도 그러다가 으윽, 뜨거 뜨거─.

단골손님3 으윽, 윽, 진짜 시원하다!

심봉사   1300도 이상의 고열에 살을 태우면서도 시원하다아──~ 탄성을 지르는 일은 우리 한민족뿐이다. 이 경험을 지닌 우리 조상의 유전자가 DNA에 전수되어 뜨겁고도 뜨거운 김칫국을 마실 때도 으어, 시원하다~ 소리치는 것이지. 말하자면 화탕지옥 같은 삶에 빠져 괴롭더라도 쑥뜸삼매에 빠지면 청정무량광 정토로 바뀌는 법이지. 지금껏 이름도 성도 모르는 내 부모가 날 장님이라고 변소통에다 내버렸는데도 이 몸이 삶을 지탱시켜 온 뿌리는 바로 이 쑥뜸삼매를 경험한 그것이므로 쑥뜸이 바로 이 애비의 스승님이시다.

단골손님3   그럼, 단군신화에서 곰을 숭상한 부족장이 3 · 7일 동안 쑥하고 마늘을 까먹은 웅녀, 우리들 국모로 전해지는데 진정한 쑥 원기를 먹는 거는 입으로 먹는 거보다 경락을 통해 먹는 이거! 아닙니까?

심봉사   핵심비밀이 드러나는구나! 달뜬 밤에는 사람 가슴 설레게 한다는 사랑바람과, 달빛을 흡뽀옥 빨아먹도록, 숲지붕을 걷고, 해뜬 낮에는 숲지붕으로 햇빛을 가려서, 바위를 저온으로 유지해 주는 환경을 조성한 다음, 말린 쑥덤불을 짚단처럼 쭈우욱 깔아놓고, 그 위에 생것인 통마늘을 백일 동안 밤낮으로 비를 피해 얹어놓으면 자연발효가 되어 흑마늘이 되는데 그 마늘은 입으로 먹고 쑥은 뜸을 통해 경락으로 먹었을 것이야. 그 누가 뭐래도 쑥을 먹는 진정한 입은 경락이 옳고 옳으니까 그렇구 말구!

단골손님2   눈이 뜨이네!

단골손님4   이야아…!

단골손님1 고마워요!

심청 제 질문엔 왜 자꾸 답을 피하십니까?

심봉사 질문이 뭐더라?

심청 농약 머금은 쑥인데 그 쑥으로 뜨는 쑥뜸이 본래 병없는 몸으로 나아간다니 왜 그렇습니까였죠?

심봉사 이미 니가 알고 묻는데 그러지 마라.

심청 모릅니다.

심봉사 단골손님들 다 가고 너도 사라지면 답해 주지.

심청 나도 사라지면 아무도 없는데 누구에게 답해 준다는 것입니까?

심봉사 허공한테 물어봐. 허공한테는 이미 답해 주었다.

심청 단골손님들, 그만 뜸 뜨고 집으로 가라실까요?

심봉사 넌 아직 허공이 아니구나. 단골손님들이 있거나 떠나보낸다고 지금 여기 허공이 늘거나 줄거나 영향받지 않아. 어서, 쑥뜸 잿가루 위에다 쑥을 얹고 불을 지펴라. 밖에서 쑥뜸을 향해 불어오는 바람을 절대로 막지 말아야 해.

심청 고맙습니다!

심봉사 뭣이 고마워?

심청 독병은 독약으로 제거하고 산불은 맞불로 끈다는 이치입니다.

심봉사 비유가 좀 부족하구나.

심청 혈관이라는 강에 찌들어 있는 공해독을 쏘옥 뽑으려면 쑥기운 쑥바람이 서로 힘을 합쳐 몸속 공해독을 빨아 태우기도 하고 밀어내기도 하면서 소멸시킵니다. 이때 타들어가는 미세농약 쑥바람불이 체내에 찌든 공해독을 휘감아 태우기도 하고 몸 밖으로 뿜어내기도 하면서 소멸 효과를 극대화 시킵니다. 이 특별난 경우 쑥뜸 앞에 바람을 막아선 안 되는 이유입니다. (쑥뜸을 단골손님들 몸에 골고루 얹는 작업을 한 다음 차례 차례 불을 지피는데 한 사람 찾아온다.)

공무원   어르신, 동사무소 공무원입니다.

심봉사   잠깐만요, 딸아 잘 했다만 허공 그 자체엔 아직 미치지 못했으니 허공을 잡아서 이 애비한테 보여주렴. 공무원 양반! 내 딸이 허공을 잡아 내게 보여줄 때까지 이야기합시다. 어찌 되었소?

공무원   (머뭇거리다가) 두 해 후엔 인당수 매립한다고 중앙정부로부터 정책결정이 났습니다. 이 쑥뜸집도 철거결정이 났고요. 만약 반대운동을 펼칠 땐 불법의료 행위로 고발할 태세입니다. 어르신께선 앞으로 어떻게 하시겠습니까?

심봉사   (가슴에서 꺼내는 하모니카. 입술로 음계를 찾더니 나오는 가락. ~ 따르릉 따르릉 비켜나세요. 자전거가 나갑니다. 따르르르릉~~)

공무원   예에, 통보해 드렸으니 전 가겠습니다. 안녕하십시오. (퇴장)

심봉사   (하모니카 연주. ~~ 나의 살던 고향은 꽃 피는 산골 복숭아꽃 살구꽃 아기 진달래~~. 이때 세 사람 등장. 하모니카 연주는 끊어지지 않고.)

한의사	(핸드폰으로 사진을 찍고는) 불법의료 현장을 잡았으니 나가 실까요?
금력가	꽃 속에서 놀던 때가 그리운데 그립죠?
권력가	오늘 꽃밭에 가서 한 잔 하시죠.
심청	(겉으론 동요에 젖은 듯 그 가락을 타고) 허공을 잡아 보여라~ ~? 허공을 허~공~을~ (진지하고 간절히 방문자에게) 허공을 잡아 보여줄 수 있습니까?
권력가	내가?
금력가	나?
한의사	에이 그냥 나가자구요.
심봉사	(새로운 노래 하모니카 연주. 세노야 가락이 무대를 적신다.)
심청	허공을?
권력가	(공중으로 두 손을 휘젓더니 손바닥을 돌돌 말아쥔다.)
금력가	(따라 한다.)
한의사	허공을 어떻게 잡을 수 있어 설령 잡았다 해도 잡은 게 아니라니까!
권력가	바로 이 두 주먹 안에 있소이다.
금력가	내 주먹 안엔 그득 넘친다오.
심청	저 분들이 놓친 허공을 청이가 다 잡아왔어요. 아빠! (두 손을 화알짝 펼쳐 내민다.)
심봉사	(딸의 두 손을 더듬더듬 확인하더니) 옳다. 내 딸 장한 내 딸 옳다. (탄성과 함께 딸의 손을 비틀었다.)
심청	아야야 아야야야.

심봉사	(다시 더 비틀자)
심청	앗! 아앗!
심봉사	진짜 허공은 여깄네!
심청	(순간 아빠 손을 잡아 비튼다.)
심봉사	아앗, 아앗.
심청	(즉각 풀어주더니) 허공은 바로 이러히 놔주고, 놔줬다는 생각조차 없으니 만상이여 안녕!
심봉사	참으로 옳고 옳아!
권력가	나 참, 손바닥 편 걸 허공 잡은 거라 하고 손을 서로 비틀면서 야단 비명이니…?
금력가	역시나 장님과 그 딸이로군.
한의사	장님이 아닌 거 같은데…!
심봉사	두 주먹 쥔 채로 물을 떠 먹을 순 없습니다. 생태계는 주먹 같은 사람을 필요로 하지 않으나 사람은 생태계 없인 살 수 없습니다. 인당수를 죽이려 들기에 먼저 당신들의 이마에 있는 인당수가 싸늘히 죽어있지 않소. 그렇지 않소? 당달봉사들이 이 지구를 개인용 국밥으로 여기며 후루룩 후루루룩 말아먹고 있습니다. 두 주먹을 폅시다. 두 주먹 화알짝 펼친 만큼 우리들 삶도 화알짝 펼쳐지니까 두 주먹 다들 펴고 함께 더불어 잘 살아봅시다.
금력가	다 좋은데 뭐? 아까 뭐? 우릴 당·달·봉·사라고? 명예 훼손죄로 고발합시다.
권력가	그럴까요…?

한의사   눈 뜬 말씀들인데!

금력가   이 사람이? (한의사와 마주 노려보고 있는 사이)

권력가   (혼잣말) 내 이마에 있는 인당수가 죽어있다고…. 그래서
         인당수 바달 매립하려 든다고?

한의사   여기서 싸울 게 아니라 나가서 한 번 따져봅시다.

심청   (퇴장하는 두 사람 뒷꼭질 향해) 안녕히 가세요.

권력가   당신들은 어째서 병을 얻었으며 쑥뜸이 그 병을 치유해
         줍니까?

단골손님3 지구가 아프니까 내가 아픈 것이고 쑥뜸의 치유력은
         직접 경험해 봐야만 압니다.

권력가   수많은 사람들은 어째서 아픔을 못 느끼는지요?

단골손님1 지구를 개인용 국밥으로만 보니까요.

권력가   혼자서만 말아먹는 것이 아니라 둘이서 말아먹고 셋이서
         말아먹고 나중엔 여럿이서 다 말아먹게 되어 그야말로
         풍요로워지고 훨씬 더 넉넉해지는 겁니다.

단골손님4 생태계를 죽이니 살기가 훨씬 더 넉넉해지는 것일 뿐
         이지요.

단골손님2 지구가 당신들만의 국밥입니까? 맨날 말아먹게! 이 몸
         이 당신들의 국밥입니까? 맨날 당신들이 말아먹어서 내
         가 이 지경입니다.

권력가   말아먹지 않고 먹는 따로국밥은 왜 모릅니까.

단골손님3 국 따로 밥 따로 떼냈다고 국밥이 아닙니까? 숟가락으
         로 밥 먼저 입안에 퍼넣고 이어서 국 떠넣으면 입 안에서

국밥이 되는 겁니다. 말아먹는 거 아닌 체하면서 말아먹는 고단수 국밥입니다.

권력가 막아먹는 국밥 이야긴 관두고 다른 한 마디는 없소?

단골손님3 당신들의 욕망은 안녕하십니까?

권력가 내 욕망이 안녕하냐, 안녕하냐고⋯? (퇴장)

심청 안녕히 가세요.

심봉사 욕망이 인당수에 목욕하고 크게 죽어야 크게 바로 사는데 청아, 니가 하는 인사는 경고인가 축복인가?

심청 어떻게 해야 하죠?

심봉사 안녕히 가세요.

심청 이토록 절 잘 키워 놓으시고는 소견이 그 정도밖에 안 되세요, 제 아빠 맞으세요?

심봉사 (침묵) 넌 어떻게 하겠느냐?

심청 안녕히 가세요.

심봉사 하하하.

심청 (운다)

심봉사 (운다)

심청 (웃는다)

심봉사 (운다)

심청 (운다)

심봉사 딸이 우니까 애빈 우습다.

심청 아빠께 웃으시니 딸은 쑥뜸!

심봉사 쑥을 얹고 불을 지펴라.

심청   불어오는 쑥바람 절대로 막지 말고! (쑥뜸 작업을 하자)

심봉사   그렇고 그렇다.

심청   (단골손님들 몸에 골고루 쑥뜸 얹는 행동 후 차례차례 불을 지핀
         다)

심봉사   사람 몸을 어째서 걸어다니는 생태계라고 하는가? (침묵)
         말하면서 쑥불을 지펴 보라니까.

심청   (쑥불만 지핀다)

심봉사   몸짓만 있고 몸체는 없구나.

심청   (결가부좌)

심봉사   몸체만 있고 몸짓은 없구나.

심청   (결가부좌 풀더니) 아빠, 아빠 장님이 아니십니다. (심봉사 양
         뺨에 뽀뽀)

심봉사   몸체몸짓 동시로구나!

심청   (큰절 삼배 후 맑게 흐르는 눈물)

심봉사   (딸의 눈물 더듬더듬 닦아주며 고요한 포옹)

심청   (포오옥 안기어) 전체 세계를 포옹하는 생태계가 왜 사람이
         어야 하는지 말씀해 주세요.

심봉사   (더욱 안으며) 올챙이는 받았어? 받아서 어쨌지? 니가 먼저
         말해 주면 답해 주지.

심청   제 몸 속 깊이 간직했어요.

심봉사   (떨리는 목소리) 따, 딸, 몸 속에서 그 씨앗이 활동, 으응?

심청   (포옹하더니 끄덕인다)

심봉사   (따라 끄덕인다)

심청	(포옹 풀더니) 아빠아~.
심봉사	애비는 누구?
심청	(발그레 웃는다)
심봉사	응?
심청	(수줍은 듯 고개 숙인다)
심봉사	몰라?
심청	몰라요.
심봉사	이런 일이!
심청	엄마 되는 게 중요할 뿐 아이 아빤 아예 모르는 게 좋아요.
심봉사	이런?
심청	앞으로 이런 일이 저를 시작점으로 다른 여성에게도 줄곧 일어날 수 있어요.
심봉사	다른 여성에게도 줄곧?
심청	여성은 엄마로서 완성되니까요.
심봉사	널 낳고 내버린 엄마는 뭐지? 날 낳고 내버린 엄만 또 뭔데?
심청	그 여성은 엄마로서 여성이 완성된다는 걸 모르신 거죠.
심봉사	(침묵)
심청	(침묵)
심봉사	전체 세계를 포용하는 생태계가 왜 사람이어야 하는지를 답해 줄까?
심청	예.

심봉사   자궁이 없는 남자 몸은 거의 일시적 포옹에서 끝나지만,
        자궁을 가진 여자 몸은 생명 포옹을 지속 가능한 상태로
        존속시켜 줘! 생명사랑을 지속 가능한 상태로 존속시켜
        주는 이 신성한 힘을 우리는 어머님이라 부르는 것이야.

심청   아빠아~. 자궁이 없는 남자의 사랑은 일시적 욕망분출
        이 맞죠? 그래서 오빠들에게 그 씨앗을 고무봉지에 담아
        오라고 했고 그걸 제 손으로 제가 직접 홀로 사랑한 것이
        죠.

심봉사   잘한 걸까? 남자가 자궁이 없다고 보이잖는 영혼의 자궁
        조차도 없는 것일까?

심청   영혼의 자궁을 남자가 아빠처럼 가졌다 하더라도 제가
        한 일은 사람이 사람에 대한 소유욕에서 해방되는 자유,
        참사랑의 자기 독립을 실행한 첫걸음이죠.

심봉사   힘겹고 위태로운 일에 청춘을 다 걸고? 학교는?

심청   어, 으으~. 임신이 확인되면 무한경쟁력만 키워주는 학
        교는 그만두고 사람이 사람답게 서로 어우러지는 그런
        학교를 짓는 일! 이미 말씀 드렸죠? 엄마가 되어 엄마의
        사랑을 베푸는 일이 학교의 주된 일이 되는 학교, 그런
        아름다운 학교를 찾거나 짓고 싶어요. 저는 그런 사람다
        운 학교의 신입생으로 본분을 다하며 참사랑 삶을 사는
        것이죠.

심봉사   청아, 이 애비가 인생을 살아보니까 삶은 참사랑이고, 참
        사랑은 자유이고, 자유가 진리더라. 사실 선불교 기독교

이슬람교 동학교 천주교 유대교 무슨무슨교 이름만 다르지 그 속을 귀기울여 다 들어보니까 똑같은 엄마교더라. 그러니까 엄마 같은 학교, 엄마 학교?

심청　엄마 학교, 그거죠.

심봉사　날 낳으시고는 변소통에다 내버린 그 여자 있지? 누군진 몰라도 그 여자가 이 애비의 어머님이셔!

심청　아빠아ー.

심봉사　어느 날 그 여인네의 분홍빛 자궁 속에 있었던 기억이 선명히 떠오르는데 환장하겠더라. 행복해서 미치겠더라.

심청　아빠, 그만 하세요.

심봉사　청아, 그게 아니야. 분홍빛 자궁 속에서 살았던 그 기억으로부터 날 내버린 엄마에 대한 증오심이 고마운 맘으로 바뀌기 시작했으니까. 존재하는 이 삶의 기적을 주신 어머님이 고마워 늘 가슴은 젖어 설레였고, 지금도 설레이고 죽어서도 설레일 거야.

심청　삶 속에서 먼저 참사랑이 일어나면 모든 것이 기적이라고 말씀하셨는데 이것이군요, 아빠!

심봉사　그래, 그래.

단골손님들　(수건으로 눈물을 닦는다)

심봉사　청아, 사람 몸을 어째서 걸어다니는 생태계라고 했는지? 몰라?

심청　오장육부에 깃든 미생물의 입장에서 보면 이 육체는 미생물의 생태공원이죠. 건강을 유지해 주는 유익한 체내

미생물이 활동을 중단하면 우린 병들게 되는데 이 지구가 병드는 것도 사람들이 병드는 거와 같은 이치죠. 오대양 육대주를 마구 파헤쳐 다양한 생명체들이 삶의 터전을 뺏겨 잃고 사라져 버리므로 사람 몸이 병들 때와 똑같이 지구가 병들고 아픈 것이죠. 따로 따로가 아닌 지구와 사람이 하나의 생태계라는 것이죠.

심봉사　옳아, 우리 옛날 노래판 놀이로 펼쳐 볼까?

심청　그건 이 청이가 더 잘 놀았잖아요.

심봉사　누가 잘 하는지 어디 놀아 봐아?

심청　좋아요!

심봉사　일년은 열두 달이라서

심청　척추가 열두 개

심봉사　일년은 이십사 절기, 하루는 이십사 시간이라서

심청　갈비뼈 스물네 개

심봉사　일년은 삼백육십오 일이라서

심청　사람 몸통도 삼백육십다섯 뼈마디

심봉사　하늘은 차고 땅은 따스해

심청　머리는 차고 배는 따뜻해

심봉사　현대인들 머린 열받아 병들고

심청　현대인들 배는 노출로 병들고

심봉사　대지엔 강 바다

심청　몸통엔 혈류와 수분이

심봉사　땅엔 초목이

심청	몸통엔 뼈대가
심봉사	사람 몸은 천지조화 결정판 우주 안테나
심청	몸통은 고감도 고밀도 집적회로 우주 합성체
심봉사	사람은 우주 관리자
심청	몸통은 우주 참사랑이 늘 머물러 계시는 거룩한 집
심봉사	우주 참사랑이 사람의 몸이고
심청	몸은 우주 참사랑의 쓰임이지요
심봉사	그리 사는가? 우리는 그리 사는가?
심청	그리 사는가? 우리는 그리 사는가?
단골손님3	깨어서 결심하면 그리 살 수 있지요. (서서히 일어선다)
단골손님2	(누운 채 허공으로 손 뻗치자 단골손님 3이 맞잡아 주며 일으킨다)
단골손님1	(단골손님 2가 맞잡아주며 일으킨다)
단골손님4	(단골손님 1이 맞잡아주며 일으킨다)

단골손님들, 에돌아 흐르는 태극 같은 강물춤으로 심봉사와 심청을 무대 중앙에 앉혀 모신다. 생명의 강물춤이 여러 몸짓으로 흐르고~ 흐르고~ 흐르고~~~ 드디어 인당수에 닿자 한 송이씩 피어나는 연꽃들. 인당수에 연꽃좌의 고요로운 꽃이 향기롭고 아름답다. 서서히 꺼지는 조명.

— 제 3 경 —

겨울.

낮의 이상한 어둠이다.

낮의 이상한 어둠을 조명이 알맞게 드러낸다.

태풍전야의 그 비바람소리—

철썩 처얼썩 파도소리—

거칠고 쌀쌀한 날씨 속에 새생명 기운이 감도는 동시에 죽음이 느껴지
는 이상한 낮의 어둠이다.

무대엔 아무도 없고 좌우 방문고리만 바람을 맞을 때마다 울리는 소리
뿐.

넉장의 메트리스도 마루에서 사라졌고 인기척이라곤 없는 긴 침묵—

왼편 방 안 간신히 새어나오는 소리.

심봉사   처, 처, 처어, 청, 딸, 처엉—, 딸, 처엉—.

다시 침묵. 방문고리만 거칠게 소리 지르고 인기척 기인 침묵— 끝에 사
람 소리가 끊어질 듯 새어나온다.

심청   아, 아, 아아, 아아— 빠, 아, 아아.

방문고리 소리에 묻혀 인기척. 다시 기인 침묵— 끝에 한 사람 등장한
다.

어부	명태 만선으로 내가 왔네! 뭐 하는가? (걸망을 마루에 푼다.
	꺼내는 방망이와 마른 명태 세 마리. 두들겨 팬 다음 도시락 두 개
	들더니) 뭐 하는가? (마루에 올라가 방문을 조심조심 두드리다가
	방안으로 든다. 소리만 무대로 퍼지고) 여태 굶었소? 떠먹여 줄
	테니 옳지, 자, 자, 한 숟갈 더 뭐? 청이도 굶어 쓰러졌다
	고? 건넌방에? (재빨리 청이 방으로 들어가더니 깨우는 소리─
	곧이어 부축받으며 심청이 나오는데 배가 불룩하다.)
어부	심봉사, 심청아, 닷새! 부녀가 닷새간을 굶고 빌어주니까
	이 어부가 만선으로 돌아오는 꿈, 꿈을 들려줬더니만 이렇
	게 몰래 지극정성 빌어줬구나! 응? (청의 몸을 보더니) 아그
	그, 아그야. 닷새를 굶고도 니 배까지 만선이네 허어허어!

심봉사의 방안으로 두 사람 들더니 밥 먹는 듯─ 사이사이 어부의 소리
객석까지─ 이때 남학생들 등장한다.

남학생들	(마루에 걸터앉아 침통하게 있더니)
남학생1	야!
남학생2	닥쳐!
남학생3	그만 해!
남학생1	우리 가운데 아버지 될 사람이 있을 거 아니겠어?
남학생3	아예 없을 수도 있다니까?
남학생2	닥쳐!
남학생1	말 한 마디 못하게 막는 니가 태아의 아버지냐? 그런 거

	야? 응?
남학생2	(낮은 소리) 주둥일 깨버린다.
남학생3	뭔가 숨기니까 우리가 싸움박질이잖아.
남학생1	우리들 우정은 이미 금갔어.
남학생2	아직 금가지 않았어. 사랑이 문제라니까. (이때 청이 불룩한 배를 잡고 소리없이 남학생들 뒤에 앉는다)
남학생3	부르자구, 만나자구, 따져보자구.
심청	여깄어.
남학생들	(화들짝 돌아본다)
남학생1	솔직히 답해 줘.
심청	그래!
남학생1	나 몰래 따로 이들을 만난 적 있었어?
심청	없었어.
남학생1	나도 아니고 그럼, 누구니?
심청	(침묵)
남학생2	태아 아빤 나?
심청	(침묵)
남학생2	아으 미치게 만드네 뭐야아―?
심청	궁금해? (자신의 가슴을 가리키며) 모성본능과 자유 참사랑 이 태아의 진짜 아빠야!
남학생2	넌, 넌, 모르는가 본데 지금 끓고 있는 이상한 소문과 악플도 그렇고 도대체 누구? 괴한을 만나 강간, 그거 맞아?
심청	오빠들 그거…!

남학생2	우리들이 태아의 아빠라고?
심청	(고개 끄덕임)
남학생2	세 사람 중 태아의 아빠는 누구니? 너, 넌, 알잖아? 몰라?
심청	몰라.
남학생1	몰라?
심청	응.
남학생3	모른다고? 이 일을 못 푸니까 책이 책이 아니고 공부가 공부가 아니라니까!
심청	궁금해? … 지금 태아는 세 명! 지금 니들도 세 명! 다아 내 아들일 뿐이야.
남학생들	우아아―!!! (왼쪽 방문이 열리고 두 사람 등장)
심봉사	(더듬 더듬 지팡이 촉수가 다른 날보다 더디다)
어부	니네들이 허어! 어린 이들이?
심봉사	(어부를 찾는 듯)
어부	(남학생들 번갈아 살피더니) 아이가 아일 낳아서 그래, 아빠가 니? 니? 니? 아니야 셋 다?
남학생들	(움찔)
심봉사	그만 가 봐.
어부	(청의 손 잡으며) 니 애비한테 다 들었어. 세 쌍둥일 어찌 키울래? 아그야가 희안한 사랑법으로 세 쌍둥일 선물로 모셨다더라. 기적의 자유 참사랑, 바로 그것! 아이그 어린 에미가 되어 여태 에미 없는 고독을 자유 참사랑으로 바꿔보겠다더니 널 보면 눈물이 다 난다. 자꾸, 자꾸… 눈

물이 이렇게 흐른다니까….

심청   울지 마세요. 전, 할 수 있어요.

어부   (눈물 그치더니) 몇며칠 전 신문에서 봤는데 니 또래 여고
          생이 수업중 배가 아파서 조퇴를 했더라. 아무도 몰래 자
          기집 화장실로 가서 아가를 낳자마자 목을 조였고 죽은
          아가얄 신문지에 싸서 다른 동네 쓰레기통에 버렸어. 때
          맞춰 집에 들어온 어머니한테 들켰고 딸을 경찰에 데리
          고 갔는데 신고한 그 어머니의 정신이 감동적이었어.

남학생들 (어부의 입만 바라보고)

어부   임신 사실을 숨기느라 내 딸이 복대로 배를 압박한 채 집
          안팎으로 맘 고생도 얼마나 심했는지는…! 하지만 존엄
          한 생명을 죽일 권리가 사람에게는 없다고, 그래서 신고
          하게 됐다더라.

남학생1   그 여학생은?

어부   임신시킨 놈이 바람쟁이로 나쁜 놈이었어.

남학생2   ?

어부   임신 사실을 알리자 임신된 그 아이는 자기 아이가 아니
          라고 윽박질렀대. 알고 보니 이 여자 저 여자 양다리 사
          랑을 즐긴 거래. 지놈이 그러니까 임신된 그 아이를 의심
          했던 게야.

남학생들 (충격받은 듯 입을 다물지 못한다)

어부   누가 살길래 다른 동네 쓰레기통에다 버렸을까? … 바로
          그 놈이 사는 집이래. 아가야를 거기다 버림으로써 복수

하려 했다며 펑펑 울었다더라. 이놈드을— 정신 똑바로
차리고 살아야지, 응?

남학생들   그 나쁜 놈! 그 못된 놈! 그 놈으로 우릴 보십니까?

남학생1   사실 저는 그 놈과 닮은 점이 좀 있는데 고치겠습니다.

어부   그래야지 그래야 하구말구! 욕망으로 그물을 짜면 너무
촘촘해 새우만 잡히고 사랑으로 그물을 짜면 성성해 대
어들만 걸려들고 자유 참사랑으로 짠 그물은 그물이 아
니라서 우주 전체가 다 걸려온단다. 지금 배부른 어린 엄
마 심청이 맘이 그물 없는 그물이니 이놈들아 자유 참사
랑 똑바로 살리면서 살아야지 응?

심봉사   (어부의 손을 찾아 더더듬 잡으며) 손은 정직해, 사람 손은
정직해. 자신의 삶을 비춰주는 거울! 보라니까, 너희들
보라니까, 이 손은 거칠고도 굳세지? 이 손에 귀를 깊이
기울이면 억센 사공은 억센 파도 속에서 태어나는 법이
라고 속삭여 준다니까. 동시에 파도소리가 나면서 속삭
임을 연주한다니까. 삶의 음악이 어부 손안에 고스란히
들어있고 아름답게 살아있어!

남학생들   (몰려들어 어부 손을 만져 본다)

심봉사   억세고 부드럽지! 파도소리 안 들려! 파도소리…. 우리
삶은 파도타기와 같은 거!

남학생들   (어부 손에 각자 귀 가까이. 침묵)

심청   오빠들 손도 만지면 알 수 있나요?

심봉사   입은 언제나 거짓말쟁이, 손은 언제든지 침묵의 진실쟁

이이니 어디 만져볼까?

남학생1 (손 내민다)

심봉사 (손 잡고 침묵하더니) 태아의 애비 될 손이구나.

남학생1 제가?

심봉사 두려워?

남학생1 그게 아니라…!

심봉사 아니라면?

남학생1 단 한 번의 결합도 없이 억울한 거죠.

심봉사 어디 보자.

남학생2 (손 내민다)

심봉사 (손 잡고 침묵하더니) 태아의 애비 될 손이구나.

남학생2 저도요?

심봉사 억울해?

남학생2 솔직히 설레고, 두렵고, 역시 억울하죠.

심봉사 어디 보자.

남학생3 (손 내민다)

심봉사 (손 잡고 침묵하더니) 태아의 애비 될 손이구나.

남학생3 저까지?

심봉사 억울해?

남학생3 아까 그 나쁜 놈처럼 내 아가야는 아닌 거 같고….

심봉사 아가야 때문에 니 청춘 구속되는 그게 억울하고 답답해?

남학생3 그냥 답답한 게 아니라 답답하고도 답답하고도 답답합니다.

심봉사	왜 세 번이나 답답하지?
남학생3	청춘구속, 간접결합. 진학갈등이라는 현실적 문제 때문에 세 번이나 답답합니다.
남학생1	이게요, 꿈도 아니고!
남학생2	배를 봐요, 보름달 같은 저 아름다운 배를 봐요!
남학생3	생생한 현실 아흐흐 차라리 꿈이었으면 난 좋겠네 좋겠어!
남학생1	넌, 현실도피자!
남학생2	친구야, 도망치지 마. 현실은 꿈보다 향긋해!
남학생3	억울타, 간접결합으로만 이 지경이 돼 진짜 억울타. 니놈들보다 더 노골적으로 억울해 하는 정직한 날 잊지 말고 기억해. 날 왕따시키지 말란 말야!
남학생1	세 번이나 답답타는 이 놈 내 친구야, 답답함을 앞으로 풀 수 있는 것도 현실이라고 느껴 봐, 봐, 느낄수록 진짜 향긋해!
남학생2	(어부에게) 손 만져보시며 말씀하신 게 다 사실일까요?
어부	여태 여러 진단결과가 빗나간 적 없었단다.
심청	(진통 양수가 터져 흐르고)

어부, 무대 한복판으로 청을 눕힌다. 잠시 조명 꺼지고— 이윽고 탑조명이 무대 중앙을 밝힌다.

투명한 목욕통엔 데워진 따뜻한 인당수 수증기가 피어오르고 그 속에 심청이 수중분만중이다. 첨단과학 영상기술로 목욕통과 바닷물이 표현되고 있다. 심청을 중심으로 오른편엔 심봉사, 왼편엔 어부, 뒤편으론 남학생들이 병풍처럼 출산도우미로 참여. 숭고한 출산 현장에서 남학생들은 생애 처음 겪는 경험이다.

심봉사	청아, 내 딸 청아, 민요를 불러주렴…?
심청	예, 아으으 아, 아.
어부	우리 삶들 고통스럽다면서 출산만은 숭고한 진통이라 부른다네. 얼이 둥둥 얼이 둥둥 어여라 얼이 둥둥.
심청	흐, 흐, 후우―.
심봉사	인당수 바다엔 연꽃이 피고 내 딸 뱃속엔 아가야들 웃네. 얼이 둥둥 얼이 둥둥 어여라 얼이 둥둥.
심청	아가야들 웃고 있네. 아, 아, 아, 얼이 둥둥 얼이 둥둥 어여라 얼이 둥둥.
어부	사람은 천지조화의 결정판.
심청	몸통은 고감도 고밀도 우주 집적회로 흐, 흐으.
남학생들	얼이 둥둥 얼이 둥둥 어여라 얼이 둥둥.
심봉사	사람은 어우러져 두루두루 잘 살고.
심청	몸통은 참사랑이 계시는 거룩한 집 아, 아.
남학생들	얼이 둥둥 얼이 둥둥 어여라 얼이 둥둥.
어부	방실 방실 나오너라. 세 쌍둥아 나오너라. 사이 좋게 얼이 둥둥 어여라 얼이 둥둥.
남학생들	얼이 둥둥 얼이 둥둥 어여라 얼이 둥둥.

심청	흐아아 흐, 흐.
심봉사	심청이는 참사랑.
심청	심청이는 참사랑 흐훗 아아.
남학생들	얼이 둥둥 얼이 둥둥 어여라 얼이 둥둥.
어부	심청이는 참사랑 몸.
심청	이 몸은 참사랑 뜨임 아으웃, 아앗─.
남학생들	얼이 둥둥 얼이 둥둥 어여라 얼이 둥둥. 우리들도 참사랑 쓰임─.
어부	우리들 그리 살자.
심청	우리들 그리 살자 흐아아.
남학생들	우리들 그리 살자. 우리들 그리 살자.
심봉사	얼이 둥둥 얼이 둥둥 어여라. 얼이 둥둥. 얼이 둥둥 얼이 둥둥 어여라. 얼이 둥둥.
심청	흐앗, 흐아앗, 훗, 훗, 훗.
남학생들	(울면서) 우리도 그리 살자. 우리도 그리 살자.
어부	얼이 둥둥 얼이 둥둥. 얼이 둥둥 얼이 둥둥.
심청	훗, 흐훗, 훗, 아으훗. 이 몸은 참사랑의 쓰임 으웃.
남학생들	얼이 둥둥 얼이 둥둥. 얼이 둥둥 얼이 둥둥.
심청	흐흐웃 얼이 아으아으 둥둥. 앗, 아윽아윽 훗, 훗, 흐웃.
남학생들	(울며 화를 낸다) 야! 퍼뜩 나와! 응? 뭐해? 엄말 죽일 참이니 그런 거니? 응?
심청	(견딜 수 없어 기절하는 듯한 절정의 진통)
남학생들	(겁먹고)

심봉사	쉿— 철없는 애비들아, 아그야들한테 빌어라.
남학생들	(엉엉 운다) 제발 제발 부디 아가들아 니 엄말 살려다오. 꾸짖은 거 미안해! 사랑한다 아가들아 으응!
심봉사	(빠른 박자로) 얼이 둥둥 얼이 둥둥, 어여라 얼이 둥둥.
어부	얼이 둥둥 얼이 둥둥, 어여라 얼이 둥둥.
남학생들	얼이 둥둥 얼이 둥둥, 어여라 얼이 둥둥.
심청	(깨어나며 호흡, 불규칙 호흡)
남학생들	아가들아 진짜 진짜 보고 싶다!
어부	보고 싶다 진짜 진짜 아가들아!
심봉사	안아줄게 안아줄게, 머리를 내밀어라.
심청	(찢어지는 듯한 진통소리— 다시 기절한 듯)
남학생들	(아직 붙어있는 심청의 호흡을 긴장한 채 확인하고)
남학생1	(울며) 자리 바꾸자구! 차라리 내가 낳을래.
남학생2	자궁도 없는 놈이 미쳤냐?
남학생3	(울며) 앞으론 제게 자궁을 주소서!
심봉사	얼이 둥둥 얼이 둥둥, 아가야 얼이 둥둥.
어부	얼이 둥둥 얼이 둥둥, 아가야 얼이 둥둥.
남학생1	얼이 둥둥 얼이 둥둥.
남학생2	나오너라 안아줄게.
남학생3	안아줄게 나오너라.
심청	(깨어난 듯 다시 심호흡—)
심봉사	사람 몸은 우주천지 조화의 결정판. 정수리로 우주중심 연결하고 이마의 인당수로 자비지혜 비추어, 아가야를

웃게 하자. 아가야를 웃게 하자. 아가야를 웃게 하자.

심청   예. (수중 분만물이 불그레 뿔그레 진붉게 물들더니 청이가 웃는
          다. 이때 저절로 나오듯이 아가야가 한 분 웃고 나온다. 이어서 또
          한 분 웃고 나온다. 연이어 또 한 분도 웃고 나온다)

심봉사   으아그그 아그그. 물 위로 뜨네! 물 위로 뜨네! 방실방실
          우리 아그야가 저절로 뜨네!

모두들   새얼 둥둥 새얼 둥둥 어여라. 새얼 둥둥. 새얼 둥둥 새얼
          둥둥 어여라. 새얼 둥둥.

조명 서서히 꺼지면서 영롱영롱한 북두구성 그리고 둥근 달, 해가 인당
수에 함께 떠 우주천지조화를 이루며 맑고 밝고 향긋하게 상응하더니
관객들 가슴 속으로 사라진다.

제 2 막
─ 제 1 경 ─

늦봄.

본래의 좌우 방문은 각각 사무실과 기숙사로 용도변경이 되었고 무대
맨 앞면 중앙 상부에는 '캥거루 교실' 간판이 매달려 있다. 무대 안쪽엔
큰 칠판 하나와 여섯짝 책걸상 그리고 책상 위엔 컴퓨터가 한 대씩 놓여
있으며 칠판엔 "캥거루 교실 입학식을 축하합니다. 앞으로 우리들의 칠
판은 발로 쓰는 땅바닥이 될 것입니다." 걸상엔 아이를 가슴에 품은 어

린 엄마들이 앉아 있는데 한 학생이 등엔 한 아이, 가슴엔 두 아일 동시에 업안아 있다. 무대 안쪽에 교장과 아버지, 어부 세 분이 캥거루 학생들을 바라보며 앉아 있고, 칠판 한켠 서류 든 사람이 마이크 점검을 시작하더니.

선생님 지금부터 제1회 캥거루 교실 입학식을 개최합니다.
먼저 경과보고서를 공개하겠습니다.
2009. 4. 9. 인당수하고 쑥뜸집에 대하여 정부기관으로부터 2012. 4. 9일까지 매립 철거로 결정났음을 통보받다.
2010. 1. 1. 인당수에 사는 심청이가 세쌍둥일 낳다.
2010. 1. 31. 어부가 전 재산을 캥거루 교실 건설에 기부키로 약속하다.
2010. 2. 7. 쑥뜸집을 캥거루 교실로 운영키로 하고 인당수가 고향인 교수에게 서신으로 협조 요청하다.
2010. 2. 12. 캥거루 교실 복지법인 신청하다.
2010. 3. 2. 캥거루 교실 학생 모집하고 선생님 초빙하다.
2010. 3. 3. 금강복지대 교수 면담하여 고향인 인당수에서 캥거루 교실 교장직 맡아달라 권유하다.
2010. 3. 30. 캥거루 교실 복지법인 승인받다.
2010. 4. 2. 금강복지대학 교수 사직하고 캥거루 교실 교장직 수락하다.
2010. 5. 5. 제1회 캥거루 교실 입학식.
여러분, 바로 오늘에 이르렀습니다. 그 공로자 한 분부터 모시겠습니다.

어부　(박수 받으며 쑥스러이 등장)

선생님　한평생 고기잡이로 모은 돈 1억원을 캥거루 교실 건설 및 운영비로 후원해 주신 분입니다. (더욱 뜨거운 박수) 인사 말씀을 직접 듣겠습니다.

어부　어어, 한 손이 한 일을 다른 한 손이 모르게 하라고 했는데 나아가, 두 손이 한 일을 두 손 다 몰라야 한다고 스스로 다져왔는데 선생님이 공개해 버렸으니 부끄럽습니다. 이왕지사 이렇게 들통난 마당에 한 손으론 고길 잡고 또 한 손으론 캥거루 교실을 돕는 줄 모르고 정성껏 도울 겁니다. 심청이와 처지가 같은 여러 학생들과 함께 살 수 있어 아직도 꿈을 꾸는 거 같습니다. 이게 본래 면목으로 사는 거며 이게, 세상을 조화롭게 가꾸는 거며, 이게, 바다에, 인당수에, 기대어 산 빚을 갚으며 사는 것이기에, 늘 함께 더불어 생사고락을 같이하겠습니다. 고맙습니다. (박수소릴 타고 의자에 돌아가 앉는다)

선생님　이어서 교장 선생님을 모시겠습니다.

교장　(정중히 절하는데 학생들의 아이가 보채며 운다) 이 아가의 울음소리가 제 삶을 새롭게 살려주고 한 걸음 더 여러분들의 삶에까지 새 기운을 드릴 것입니다. 어떻게? 어떻게 새 기운을 드리는지 여기 제가 쓴 한 편의 시에 답이 나옵니다. 캥거루 교실의 목표와 존재가치가 시에 다 녹아 있습니다. 시처럼 살겠습니다. 나머지 생애를 여러분들

과 함께 이 캥거루 교실에서 살겠습니다. 시 낭송자를 위
해 자리를 비워 드릴까 합니다. (의자에 돌아가 앉는다)

심청   (세 쌍둥이와 등장. 시를 낭송한다)

캥거루 교실

(1)
나는 알고 있다
삶이 참사랑이고
참사랑이 자유이며
자유가 진리임을

나는 알고 있다
공부하고 안 하고는 나의 자유임을
일하고 안 하고는 나의 자유임을

인간은 물건이 아니다
누군가 인간을 물건으로 삼는다면
그 순간 그는 인간이 아니다
그 순간 내가 물건으로 허용한다면
그때엔 나도 인간이 아니다

나는 알고 있다

삶 공부는 참사랑 실행
삶 공부는 맨발로 걷는 지혜
삶 공부는 나로부터의 해방
삶 공부는 조건으로부터의 해방
삶 공부는 동일시로부터의 해방
삶 공부는 자유로부터의 해방
그리하여 나는 나 스스로 행복한 나
그리하여 나는 나 스스로 자유로운 나

인간을 기만하고
구속하는 그 어떤 짓도
욕망한테 소유욕한테
내가 왕관을
그 누구도 아닌,
내가, 왕관을 씌워준 무지함 때문

두 번 다시
그리 살지 않으리 그러기 위해
우리 서로 만날 때마다
당신의 욕망은 안녕하십니까?
인사 나누며 안으로 주시하자,
주시하면
욕망에로의 해방꽃이 피는

나는 참사랑
나는 삶사랑
나는 자연사랑
나는 생명사랑
나는 자유사랑 지금 여기
아가야처럼
나도 아가야
아그그 아가야, 아가야,
새얼이 둥둥 새얼이 둥둥
만물만생이 다 아가야로 사네
속에서 아가야가 죽은 인간이여
만물만생이 다 아가야인데
인간만 살고자 하므로
나중엔 인간도 살 수가 없다네

(2)
나는 알고 있다
참사랑이 즐거움이고
생명사랑이 자유이며
자유가 삶사랑임을

나는 알고 있다
대학 가고 안 가고는 나의 자유임을

일하고 안 하고는 나의 자유임을

인간은 물건이 아니다
누군가 인간을 물건으로 삼는다면
그 순간 그는 인간이 아니다
그 순간 내가 물건으로 허용한다면
그때엔 나도 인간이 아니다

나는 알고 있다
삶 공부는 참사랑 실행
삶 공부는 맨발로 걷는 지혜
삶 공부는 나에로의 해방
삶 공부는 조건에로의 해방
삶 공부는 동일시에로의 해방
삶 공부는 자유에로의 해방
그리하여 나는 나 스스로 주인인 나
그리하여 나는 나 스스로 깨어 사는 나

인간을 농락하고
자연생명 파괴하는 그 어떤 짓도
욕망한테 지배욕한테
내가 왕관을
그 누구도 아닌,

내가, 왕관을 씌워준 무지함 때문

두 번 다시
그리 살지 않으리 그러기 위해
우리 서로 만날 때마다
당신의 욕망은 안녕하십니까?
인사 나누며 안으로 주시하자,
주시하면
욕망에로의 해방꽃이 피는

나는 참사랑
나는 삶사랑
나는 자연사랑
나는 생명사랑
나는 자유사랑 지금 여기
아가야처럼
나도 아가야
아그그 아가야, 아가야,
새얼이 둥둥 새얼이 둥둥
만물만생이 다 아가야로 사네
속에서 아가야가 죽은 인간이여
만물만생이 다 아가야인데
인간만 살고자 하므로

나중엔 인간도 살 수가 없다네

박수조차 잊은 듯 감동의 침묵이 유지되는데 그 틈새로 학생들 흐느끼
는 소리—

선생님　다음 순서는 시 낭송한 학생의 아버님께서 축하의 하모
　　　니카 연주가 있겠습니다.

심봉사　(더듬더듬 가슴 속에서 하모니카를 꺼내어 보이며) 날 낳은 엄마
　　　가 이놈을 똥통에 내버릴 때 함께 버려준 것이 이것입니
　　　다. 하모니카 한 켠엔 글씨가 있다는데 —고향의 봄, 이
　　　라고. 그래서 엄마를 떠올리며 그 동요를 배웠습니다. 다
　　　른 한 켠에다가는 내가 청이한테 글 하나를 새겨달라고
　　　부탁했습니다. 또렷이 새겼다는데 그게 세노야입니다.
　　　날 낳아주신 고마운 엄마와 여기 생명사랑의 어린 엄마
　　　들께 바칩니다. (고향의 봄이 퍼져 나가고 이어서 세노야가 무대
　　　객석을 청아한 음색으로 휘감는다. 박수가 터지고 더듬더듬 의자
　　　로 가 앉는다)

선생님　고맙고 고맙습니다. 끝으로 저는 이곳 캥거루 교실 담임
　　　선생으로 여러분들과 함께 살 것입니다. (절한 다음) 고맙
　　　고 고맙습니다.

— 조명 서서히 꺼진다.

― 제 2 경 ―

한여름.

조명 들어오면, 칠판 아래 책걸상이 밀려 있고 책상마다 인터넷이 놓여 있다. 그 의자에 앉아서 아가한테 젖 먹이는 학생이 셋. 나머지 학생은 교실 바닥에 앉아 미역을 다듬는다. 교장과 선생님은 이들과 함께 인당수 미역으로 대화하는 공부법이 늘 자연스럽고 진지하며 평화롭고 자유롭다.

교장	오늘 미역국, 인당수 미역국은, 맛이 덜하였죠?
학생들	(함께) 예에―.
선생님	(이마에 있는 인당을 짚으며) 난 그 맛이 참 맑아서 지금도 좋은데…!
심청	이 맛의 차이는 왜 다르게 나타나는 걸까요?
교장	글쎄, 다른 학생은?
학생1	체질이 다르니까 그런 거 아닐까요…?
학생2	배가 고파 있었는데도 엄마가 해 주신 맛과 비교되면서 한 마디로 맛 없었죠. 얘들아 안 그랬니?
학생들	그랬어요―!
학생3	(젖 먹이면서) 그래도 젖은 더 많이 나오는 거라 고맙습니다!
학생4	(젖 먹이면서) 나도!
학생5	(젖 먹이면서) 봐, 인당수 미역은 젖미역이라니까. 아가야

가 젖을 뺨으로 흘리는 거 봐!

교장 　거 봐, 맛은 덜했지만 몸엔 좋다는 게 드러나지, 왜 그럴까?

선생님 　두 그릇이나 먹었는데 남잔 왜 오줌만 나오죠? (다들 웃음보가 터지고)

심청 　젖꼭질 달고도 남잔 젖이 영 나오지 않는 이유와, 오늘 맛없다고 평가받은 미역국이 왜 평소보다 젖으로 흘러넘치는지 궁금합니다.

교장 　질문할 테니 먼저 답해 보세요. 죽은 사람한테 꿀을 준들 죽은 사람이 꿀맛을 알까요?

학생들 　모릅니다.

교장 　똑같은 미역국을 먹고 그것도, 인당수 미역국을 먹고 맛의 차이라니? 왜 그러죠? 혀가 없는 사람이 먹고도 맛이 있다, 없다, 할 수 있을까요?

학생들 　없겠죠.

교장 　아닙니다. 있어요.

학생들 　어떻게?

교장 　혀 없는 아이에게 이건 신맛, 이건 단맛, 이건 쓴맛, 이건 매운맛, 이건 짠맛이야 알려주면서 먹인 후 어때 맛있어? 긴 세월 수차례 반복하였더니 어느 날 혀 가진 사람보다 더 정확히 맛을 알아맞히게 되었대요.

학생들 　어마나!

선생님 　교장님께 트롯 여가수의 그 히트송을 불러달라고 어마

나? (약한 웃음보)

교장   어마나! 하고 놀랄 일은 우리 신체가 지닌 능력인데 바로 이것이지요. 그 아이 목구멍 입구 아래쪽에 맛을 느끼는 혓바닥 돌기와 같은 것이 또돌또돌 새롭게 형성되고 있더래요.

학생들   어마나!

선생님   또 신청곡을?

학생들   (손으로 웃음 나오는 자신의 입술들을 가린다)

교장   심청이 아빠의 두 손은 상대의 맘까지 읽어내는 위대한 눈이셔.

학생들   어마나!

선생님   또?

교장   진정 놀랄 일은 따로 있어요.

학생들   그게?

교장   첫째, 자기사랑. 둘째, 타인사랑. 셋째, 자타사랑. 넷째, 우주적 사랑. 이 넷이 고스란히 통합되어 있는 걸 본래면목이라고 해요. 마치 이와 같아요. 성숙한 어른은 순수한 아가야이고, 순수한 아가야는 성숙한 어른이다. 이것이 본래면목인데 오늘날은 어른이 있으면 아가야는 없고, 아가야가 있으면 어른이 없는 미성숙한 부조화를 그대로 방치한 채 인생 운전석에 앉아 운전한다는 것이야. 이 미성숙한 불균형을 사회가 무지무지하게 덮어둔 채 비인간적 운전면허증을 장려하며 이를 보편적 삶의 가치로 포

	장한다는 것이야.
학생들	어마나!
학생1	올바른 운전사가 되려면요?
교장	내가, 부모에게 태어나기 전에 어떤 것이 참나인가? 이 질문이 생겨서 그걸 끝까지 탐구해야 하지요. 내가, 부모에게 태어나기 전에 어떤 것이 참나인가? 자기탐구 참나탐구를 쭈우욱 해 나가면 여태 잊고 살았던 참나기억과 참나독립을 이루면서 본래면목의 삶이, 본래 행복하고 즐거운 그 삶이, 한 송이 꽃으로 피어 영혼의 맑은 향기를 우주전체에 퍼지게 하면서 살아갈 수 있지요. 존재할 수 있지요.
학생들	참나기억! 참나탐구! 참나독립!
심청	진실로 참나사랑에 충실할 때 신체엔 어떤 변화가 일어나는지 궁금합니다.
교장	(인당수 미역을 들어보이며) 이것이다. 이것을 먼저 알아야지.
학생들	잘 모르겠습니다.
교장	숨 내쉬고 들이마시는 호와 흡 사이가 중단된 것, 이것이다!
학생들	죽음?
교장	호와 흡 사이가 완전히 중단되면 사람 육체도 이와 같다.
학생들	죽는 육체는 참나가 아닌 것…?
교장	(미역을 더 들어보이며) 여기 있어야 할 인당수 물은 전부 어

디로 빠져 나갔는가?

학생들　(침묵)

교장　해골 뼈만 남겨놓고 인당수 물은 몽땅 어디로 갔는가?

학생들　(침묵)

교장　인당수 물! 어디로?

학생들　참나 참주인 어디로…?

교장　(마른 미역 내려놓고 이마 한복판을 짚어 보이며) 이것이다!

학생들　(자신들 이마 한복판도 짚으며) 인당수, 물!

교장　수억 년 가물어도 마를 줄 모르는 한 방울 물!

학생들　마를 줄 모르는 물방울과 마른 미역…? 참사랑과 우리들 육체…?

교장　참주인과 참머슴!

학생들　아하! 인당수가 미역이고 미역이 인당수죠?

교장　(한 손으로 자신의 이마를 짚고 다른 한 손으로 마른 미역을 더 많이 들어보이며) 이제 이것이 살아났다, 보여라! (이때 기숙사에서 들려오는 아가야들의 울음소리―. 심청과 함께 두 학생 급히 일어나 기숙사로 간다.)

심청　(급히 세 쌍둥일 업안아 나오더니 젖을 먹이면서) 이것입니다!

교장　하하하. 우주꽃이 바로 이것!

선생님　참사랑에 충실할 땐 남자도 젖이 나와야 하는데 저는 왜 한 번도 안 나옵니까?

교장　참사랑 그 자체일 때 우주오르가즘이 일어나면서 남자도 젖이 나와요.

당신의 욕망은 안녕하십니까?　59

선생님	예?
학생들	?
교장	이미 신라시대 때 이차돈이 이를 증명하였죠.
선생님	(침묵)
교장	참나탐구가 익어 본래면목으로 터질 때 자기 목을 베는 휘쟁이까지도 참사랑으로 품었죠. 목이 떨어지자 젖빛 피가 분수처럼 솟구쳤지요. 이 순간은 남자의 온몸이 젖이 된 것입니다.
선생님	(깊은 침묵)
심청	젖꼭질 갖고도 젖이 나오지 않는 남자일 경우엔 타인사랑은 커녕 자기사랑도 모른다는 징표입니까? 오직, 여잘 소유하고 지배하려고 사랑이라는 단어를 꺼낸다는 것입니까?
학생들	(기숙사에서 젖 먹이고 나온 학생까지 가세하여 앙칼지게) 그런 것입니까?
교장	남자가 참나로 꽃피기 시작하면 이차돈처럼 몸통이 젖통으로 바뀌는 것이니 그때까지 여자는 남자를 남편으로 삼을 것이 아니라 첫아들 혹은 막내아들로 삼으면서 생명살림을 꾸려 가야지요.
학생들	(침묵)
심청	똑같은 미역국을 먹고도 달리 나타나는 맛의 차이에 대해 듣고 싶습니다.
교장	본래는 한 맛인데 맛있어 좋아요, 맛없어 싫어요, 이런

차별심으로 다들 다르게 작용하는 것이므로 먼저 한 맛을 알고 싶으면 한 맘을 알아야 해요.

심청　　한 맘을 알면 다섯가지 맛은 어떠한 맛으로 납니까?

교장　　텅 빈 맛!

학생3　　그 맛은 어떤 맛입니까?

교장　　본래 텅 빈 맛!

학생5　　빈 병에 들어있는 공기 맛이죠?

학생1　　아니면 빈 도시락 통에 들어있는 그 맛?

학생4　　꿈에 먹는 물맛?

학생2　　도대체 어떤 맛이냐니까요?

심청　　어떻게 해야 맛볼 수 있습니까?

선생님　　어떻게 해야?

교장　　머릴 떼내면 가슴이!

학생2　　(답답해서 발악하듯 고함) 아아, 아아아앗—!

교장　　(웃으며) 지금 어때요?

학생2　　머리가 텅 비어 시원한 기분 어엇, 이 맛입니까?

학생3　　어떤 맛인데에—?

교장　　동서남북으로 볼 때 현재 제각각 어느 위치에 있나요?

선생님　　하아!

학생1　　서쪽입니다.

학생2　　저는 남서쪽입니다.

학생3　　북쪽입니다.

학생4　　저는 동북쪽입니다.

학생5	동남쪽입니다.
심청	저는 늘 중심입니다!
선생님	동서남북이 있다 하여도 속지 않습니다. (서쪽으로 가더니) 여기 있으면 지금이 중심입니다.
심청	(동쪽으로 가더니 선다) 저에겐 동쪽이 아니고 제가 서서 머물거나 앉거나 일하거나 공부하는 곳곳이 늘 중심입니다. (아가야들 웃는 소리—)
학생들	(각성한 듯) 아아, 중심공간 그것이 본래 텅 빈 맛!
교장	오늘 공부는 훌륭합니다. 마칠까요?
심청	오늘 미역국은 맛을 떠나 젖이 흘러넘치게 했는데 그 비결이 궁금합니다.
학생들	궁금합니다.
교장	아가야들 생명을 엄마들보다 더 사랑하면서 지극정성껏 끓인 것, 다만 그것뿐! 사실 인당수 미역국은 (자신의 이마를 짚으며) 이 인당에 계신 자비지혜가 지극정성을 통해 끓인 것이지요.
학생들	예에~!
학생3	미역국이 산모에게 가장 좋다는 걸 맨 먼저 누가 알았습니까?
선생님	그건 어부께서 잘 아시는데 사무실에서 모시고 올까요? 교장님껜 이제 좀 쉬시는 게…. (사무실로 가서 어부와 함께 등장)
어부	미역에 관한 거라면 그래, 뭣이든 물어봐.

학생들 미역국은 산모가 먹어야 좋다는 걸 맨 먼저 누가 알았습니까?

어부 조선시대 때 나처럼 고기잡이 어부가 고기잡이하는데 엄청 큰 고래가 배를 뒤집어 버렸어. 허우적대는 그 어부를 그 놈이 한입에 꿀깍 삼켰지. 호랑이 굴에 잡혀가도 제정신만 차릴 수 있으면 산다고 했겄다. 고래 뱃속에서 정신을 차려 보니 마치 바다 바닥에서 무수하게 너울거리는 풀같은 게 춤을 추고 있는 거야. 헤엄치고 헤엄쳐서 그 풀을 건져 보니 그게 바로 이 인당수 미역이었어. 자세히 보니 그 미역 풀더미 속에서 고래 새끼 두 마리가 자라고 있는 거야. 다시 한참을 살펴보니 고여 있던 붉은 피가 서서히 맑게 바뀌더래 옳거니! 이 미역은, 인당수 미역은, 분명코 산모와 아가야가 먹어야 할 약 중 약이니 살아나가기만 한다면 임금님께 아뢰어 국모와 이 땅의 모든 엄마들과 아가들을 위해 권하리라. 맘을 이렇게 먹자마자 불끈불끈 새 힘이 솟더래. 고래 배 속에서 요새 마린보이 박태환에게도 지지 않을 수영솜씰 발휘해 똥구녕으로 나왔대. 나와서 보니 사람들은 고래한테 먹혀 죽은 줄 알았는데 사흘만에 기적처럼 살아왔으니, 게다가 큰 고래 배 속에 고래새끼 두 마리와 같이 살다가 왔다 하니 소문은 동네방네를 휩쓸고 서울 장안으로 쫘악 퍼졌던 거야. 때맞춰 임신한 국모님과 왕손이 될 태아의 건강을 보장하는 약까지 알아냈다 하니 이 소문은 걷잡을 수 없이 임금님 귀에까지 스며들었고 어부는 드디어 궁궐로 잡혀 들어갔어. 큰 고래 뱃속의 생사가 걸린 경험을 상세히 고하였으며 임금님께서 이를 귀하게 받아들여 오늘에 이르게 된 인당수 미역이니 어때? 미역 속엔 사랑의 성분이 다량 들어있어 탁한 피를 맑게 한다더라.

학생들   우아~~ 고맙습니다.

선생님   자아, 이젠 스스로 짠 시간표를 갖고 제각각 하고 싶은 공부와 일들과 놀이를 알아서 펼치기 시간입니다. 교육은?

학생들   행복을 가로막는 요소들을 없애가는 과정!

선생님   가정환경이 어려워 힘든 사람들도 많고, 성공하려 노력해도 안 되는 일도 많고, 그 가운데에서 우리는 다수가 뛰어나지는 않더라도 다수가 극복하며 행복할 수 있다는 믿음으로 우리는?

학생들   언제 어느 때나 한결같은 참나입니다. 스스로 하고 싶은 공부와 일과 놀이를 충실히 펼쳐 존재의 주인으로 권한을 누리는 자유인, 책임을 다하는 자유인으로 살겠습니다. (조명 서서히 꺼지고 있는데 밖에서 아련히 들려오는 외침소리 ~ 점점 다가오더니)

인당수 매립 반대! 캥거루 교실 철거 반대!

(사이렌소리와 전경들의 일사분란한 군홧발소리─)

인당수 매립 반대! 캥거루 교실 철거 반대!

(지붕 위에서 누구인가 아주 우렁찬 목소리가 캥거루 교실로 파고

든다)

(심봉사 목소리)　경찰들은 물러가라!

(시민들 목소리)　경찰들은 물러가라!

(심봉사 목소리)　인당수 매립 반대!

(시민들 목소리)　캥거루 교실 철거 반대!

(심봉사 목소리)　차라리 날 죽여라!

(시민들 목소리)　차라리 날 죽여라!

(심봉사 목소리)　이 한 몸 죽어서 인당수 살린다면 이 한 몸 죽어서 캥거루 교실 살린다면 지금 당장 뛰어내려 죽어 주리니 시민 여러분은 내 죽음을 헛되이 하지 마시라! (이때 어부 가 무대 밖으로 뛰쳐 나가고 교장도 뛰쳐 나가서 외친다)

어부·교장　안돼―!! 안돼―!!

심청　　　(무대 밖으로 황급히 뛰쳐 나가려는데)

선생님　　(심청을 붙잡고 차분히 만류한다. 귀를 찢는 호루라기소리―)

(경찰 목소리)　교장을 체포해! 교장이 주동자야. 즉각 체포해.

(시민들 목소리)　체포 반대! 체포 반대!

(심봉사 목소리)　차라리 날 잡아가라!

(어부 목소리)　날 잡아가라. 나를 이놈드을아!

(시민들 목소리)　체포 반대! 경찰은 물러가라!

(교장 목소리)　내가 체포 당해도 여러분은 끝까지 차분해야 합니 다! 화가 치밀어도 분신자살·투신자살로 투쟁해서는 안 됩니다. 물리적 폭력투쟁도 안 됩니다. 경찰이 날 붙잡아 도 내가 어디로 가겠습니까? 감옥소입니다. 여러분이 인

당수 매립을 막아내고 여러분이 캥거루 교실을 살려준다면 감옥에서 이 몸이 죽는다 해도 이 몸은 죽는 것이 아니라 인당수로 살아있으며, 감옥에서 영영 못나간다 하여도 이 몸은 갇혀 있는 것이 아니고 캥거루 교실로 살아있으며, 사회정의를 지키는 여러분들 가슴 속에서 늘 함께하는 것이니 이 몸은 죽지도 않고 감옥에 갇히지도 않은 것입니다. (시민들 박수소리─)

잊지 마십시오. 경찰도 우리와 한 형제입니다. 저들도 사실은 피해잡니다. 그러니 피 흘리는 전쟁 같은 투쟁이 아니라 서로 땀 닦아주는 사랑과 정의로운 분노와 소통의 화쟁으로 나아가야 합니다. (시민들 박수소리─)

지붕에서 절대 투신하지 마시고 하모니카를 불어주십시오. 고향의 봄을 불어주십시오. 세노야를 맑고 맑게 불어주십시오. (시민들 박수소리─)

듣고 싶습니다! 하모니카로 금권력자들의 무한 소유욕과 무한 지배욕을 정화시켜서 복지공동체를 세워 나가야 합니다. 우주적 민주주의를 촉진시키는 화쟁정신으로 폭넓고 세세하게 다채롭고 조화를 이루는 생태복지다문화 공동체를 이루어 나가야 합니다. (시민들의 박수에 이어지는)

(시민들 목소리)   매립 반대! 철거 반대! 체포 반대!

구호가 끝나는 틈으로 지붕 위에서 심봉사의 하모니카 연주가 퍼지고 ~~ 캥거루 교실에 조명이 서서히 꺼진다.

— 제 3 경 —

한여름.

지붕으로 오르는 사다리가 무대 오른편에 설치되어 있고 캥거루 교실 지붕 위에는 심봉사가 두 달이 넘도록 다른 식단은 끊은 채 차만 가끔씩 마시며 그냥 오롯이 앉아 있다. 교실엔 남학생들이 세 쌍둥이에게 젖을 먹이고 있는 심청을 에워싼 채 뭔가 따진다.

남학생1	이 증명서 보라구!
남학생2	야, 그만 하라니까!
남학생3	제발 그 서류 태우라구!
남학생1	알린 후에 풀어 나가자고 했잖아, 나! 바로 나! 나!
심청	뭔데?
남학생2	야 이젠 됐어 찢어 버리라니까, 응?
남학생3	우리 둘은 벌써 찢어버렸잖아. 근데 넌 왜 안 찢는 거야 응, 못 찢는 거니?
심청	보여줘. 내가 알아야 할 거면 이리 줘. 보여줘.
남학생1	(남학생2·3에게 동의를 구하듯) 응? 으응?
남학생2·3	(받아들이듯)
남학생1	바로 내가 세 쌍둥이 중 이 아이의 아버지! 아버지라는 사실증명서 DNA 검사결과서야 봐!
심청	그거라면 안 보고 못 들은 걸로 할래.
남학생1	왜?

심청	너의 자식? 싫어! 우리들의 자식으로 키울래. 이 서류 잊어줘. 이 애는 누구 자식, 저 애는 누구 자식, 요 아이는 누구 자식, 그런 거 싫어.
남학생1	(서류 줄듯 말듯) 의심스런 저 진심…, 이해가 안 되는 진심…, 찢을 수 있어?
심청	(뺏아 산산히 찢어 허공에 뿌린다)
남학생1	(충격·비통·절규) 아아! 하지만 내 머리 속에 기록된 서류마저 니가 찢었다고 보는 거야?
심청	니 스스로 그걸 몽땅 태워 버리지 못한다면 앞으로 세 쌍둥이와 날 영영 만날 수 없어.
남학생1	아흐, 도대체 왜 이러는데? 이게 뭐냐구? 세상에 아이 한 명 한 명에 아버지가 여럿이라니?
심청	인당수에 빠져 죽어야 산다! 알았어?
남학생2·3	강제매립되기 전에… 즉, 인당수가 살아있을 때 빠져 죽어라…?
남학생1	죽어야 산다?
심청	인당수는 모두가 다 이마 인당에 갖고 있는 거야. 그 곳에 먼저 빠져 죽어야 산다는 거 여태껏 몰랐어? 이 때가 진정한 자유인으로 거듭 태어나는 것이고 욕망이여 안녕~ 할 수 있는 출발점이야. 자유라는 이름으로 오히려 욕망의 노예로 살게 하는 우리 사회를 봐! 현실 속에서 자유라는 환상에 빠지게 하여 자유로운 욕망과 자유로운 의지로 자유로운 시장에 자유로운 노예가 되는 자유

로운 계약을 맺게 하구 자유롭게 산다. 나는 자유롭게 산다고 착각시켜 자유마취제에 오래도록 깨어나지 못하도록 이 사회가 작동하는 거야. 무한경쟁의 무자비한 주범인 사회적 욕망을 인당수에 빠져 죽게 만들 때 우리는 사회 속에 살면서 욕망의 노예로 물들지 않는 자유로부터의 자유인! 자유를 위한 자유인! 자유에로의 자유인이 되는 것이야. (독백처럼) 남의 욕망에 말려들어 살기 좋다 하는 이 미친 마음아, 이제 그만 요동쳐라! 오빠! 남 따라 경쟁판으로 치달으며 미쳐가는 오빠, 오빠, 오빠들이여! 강제매립 당하는 인당수보다 더 지독한 매립이 뭐죠? 우리들 이마에 인당매립을 허용하는 (손바닥으로 이마를 덮더니) 이것이다! (손바닥 떼면서) 이렇게 인당을 스스로 살리다가 넘어지면 또 일어나고 끝끝내 높이 날고 끝끝내 낮게 날자구!

남학생들 (침묵)

남학생1 인당수 강제매립 반대! 캥거루 교실 지키기 운동이 퍼지자 시민들의 후원금이 각 언론매체를 통해 들어오고, 시민운동 단체들은 지지성명을 내고, 이러니까 교장님을, 말하자면 매립, 방금 전에 심청이가 말한 매립해선 안 될 이 인당 말이야, (거듭 자신의 인당을 가리키며) 이 인당중의 인당이신 교장님을 강제매립할려고 강제투옥 강제구속 시켰어.

심청 33층 감옥 맨꼭대기 방에 교장님이 투옥되셨다는데 우리가 도울 일을 챙기는 게 급선무야. (세쌍둥이 눕혀 두고 차를 달여 따르며 다구를 쟁반에 옮겨 담는다. 조심스레 쟁반을 들고 사다리로 오르며) 오늘 아빠께서 그 비밀을 일러주실 거야!

남학생들 (따라 오른다)

심청 (차 한 잔 잡수시게 차상을 차린 다음 큰 절 드린 후) 아빠.

심봉사 쉬잇.

남학생2 검찰이 제출한 구속영장을 법원이 선뜻 받아들였던 것도 억울한데 33층 탑감옥 맨꼭대기 독방에다 감금시키다니 이게, 인당수 매립에 반대하는 이게, 캥거루 교실 철거에 반대하는 이게, 국보법 위반과 맞먹는 그런 일입니까? 네?

남학생3 어떻게? 우리가 모시고 나올 방도가?

남학생1 우리와 살게…! 석방시킬 방법이?

심봉사 있다.

심청 어떻게?

남학생들 어떻게요?

심봉사 이것이다! (갓 꺾은 가지가지마다 푸르게 살아있는 뽕잎을 헤치더니 누에 한 마리 들어 보인다)

남학생들 예???

심봉사 (육신을 지탱하기 힘겨운 듯 얕은 신음)

심청 (차 한 잔 드린다)

심봉사 (마신 다음) 딸아, 청아.

심청 예!

심봉사	니가 오늘 면회신청하러 가서 아무도 몰래 33층 탑감옥 바깥벽에다 이 누에를 붙여 놓아라.
심청	예!
남학생1	누에가 교장님을 모셔옵니까?
심봉사	아주 오래 오랜 옛부터 현재 나에게 비밀스레 전해 온 것이다.
남학생2	어떻게요?
심봉사	교장님을 탈출시킬 수 있는 유일한 길이다.
남학생3	누에가?
심봉사	곧 알게 될 것이다.
심청	아빠! 탈출할 끈을 누에가? 혹시… 그 끈을… 누에가 건네주는 것입니까?
심봉사	그 끈 이름을 아느냐?
심청	모릅니다.
심봉사	너희는 아느냐?
남학생들	모릅니다.
심봉사	모른다?
남학생들	???
심봉사	본래면목에 대한 기억! 이것이 그 끈의 이름이다.
심청	아아—! 해방!
남학생들	???
심봉사	그 끈만 놓치지 않으면 모든 감옥으로부터 해방된다.
남학생들	그 끈을 놓치지 않으면 모든 감옥으로부터 해방된다구요?

심청	아빠, 교장님이 이를 아실까요?
심봉사	33층 맨꼭대기 감방은 아주 작아서 숨 막히는 곳인데 다행히 작은 창문이 하나 있고 교장님은 그 창문을 지금도 몰래 부수고 있네. 때가 되면 뛰어내릴 작정이다. 뛰어내리자마자 그는 죽고 말 것인데 심청아, 어서 그를 구해야 한다.
심청	누에를 주셔야죠.
남학생1	누에가 그 본래면목이라는 끈을 갖고 있나요?
남학생2	해방의 그 끈을 갖고 있나요?
남학생3	?!
심봉사	이 누에는 냄새에 아주 민감한 놈이다. 이 놈 코를 봐, 내가 더듬더듬 코끝에다 꿀을 묻혔는데 제대로 잘 묻어 있지? (보여준다)
남학생들	예!
심봉사	이 누에를 33층 탑감옥 외벽에 붙여놓으면 누에는 꿀냄새 따라 탑감옥소 끝까지 올라간다. 꿀이 바로 코앞에 있는 것인 줄 알고 끝까지 끝까지 위로만 올라가니까 봐! 마지막으로 누에의 꼬릴 봐 뭣이 있지?
남학생들	아주 가느다란 은빛 줄!!!
심청	은빛 실이 묶여 있습니다.
심봉사	(딸에게 누에를 내맡기며 곧 바로 실행하라는 듯 손을 내젓는다)
심청	(누에를 받아 가슴에 품고 나간다)

펼쳐지는 하얀 스크린에 애니메이션 영상으로 선명히 비치는 탑감옥.

그 외벽을 타고 누에 한 마리가 오르고 오르고

은빛 실 이끌며 33층 독방 향해 줄기차게 오르고

끊임없이 쉬임없이 오르고

교장은 아직 누에를 발견치 못한 채

독방 창틀을 한 부분 허물다가 잠시 쉬면서 독백.

애니메이션 교장　　살고 죽는 건 이 육체! 언젠가 썩어 없어질 이 육체! 이 육체가 죽으면 죽지 않는 그것은 육체를 탈출하듯이…, 죽지 않는 그가 이 몸 이끌고 탈출하는 거다! 이 몸이 일백 번을 죽고 또 죽어도 탈출하는 거다! 살아서 탈출하다가 죽는 삶, 이 삶은 탈출로 완성하는 것! 그렇다, 새로운 세상은 탈출에 성공하는 세상이고 탈출도전이 새로운 시대의 출발점! 자유를 빙자해 자유를 마춰시키는 이 세상에 탈출도전으로 행동하는 자유인으로 끝끝내 사는 것! 죽음으로라도 한 점 두려움없이 탈출하다가 죽는 자유인! 나는? 나는? 그렇다! 죽어도 여한이 없도록 삶의 장벽을 정면으로 깨뜨리라고 탈출하라고 아무도 시키지 않았는데 나의 안에서 아아 스스로 뜨겁게 타오르는 이 생명 불꽃! 활활거리는 이 불꽃 생명을 누가 구속한단 말인가? 죽어도 여한이 없는 탈출이다!

교장은 결의를 다지며 탈출기회를 엿보다가 다음 날 새벽 바로 자신이

갇혀 있는 33층 독방 창틀 아래를 살피더니

애니메이션 교장　누에가? 은빛 실을 달고! 오오―, 바로 이것이다!

교장은 누에가 달고 온 은빛 실을 끌어당기고, 또 당기고, 자꾸 당기자, 실 끝에는 또 다른 종류의 줄이 연결되어 있다. 그 줄을 다시 끌어당기고, 또 당기고, 계속 당기자, 그 끝엔 아주 굵은 줄이 이어졌고, 교장은 굵직한 밧줄을, 허문 반대쪽의 그 튼튼한 창틀에 걸고, 새벽안개 속 삼엄한 경비대의 시선을 살펴 피하면서 마침내 탈출에 성공한다. 스크린 영상이 서서히 사라지더니 어둠― 점점 밝아오면서 캥거루 교실.

심청　　(기도하고 있다)

교장　　(죄수복 차림, 심청을 깨운다)

심청　　(흠칫)

교장　　쉿, 누에는 아빠로부터 니가?

심청　　네. 오셨군요. 아아!

교장　　내가 나온 건 아주 작은 감옥에 불과해. 이보다 더 큰 감옥이 있다는 걸 이번엔 온몸으로 절감했으니 스승님은 어디에 계셔? 아주 큰 감옥소인 이 생사의 세계로부터 온전히 탈출하는 그 신비한 비밀을 스승님께선 매우 투명하게 알고 계실 테니 어서 날 데려다주게!

심청　　(사다리로 오르자)

교장　　(뒤따라 오른다)

심봉사   (기다렸다는 듯) 교장님이 이러히 왔지만 온 것이 아니요.
         내가 곧 이러히 가지만 간 것이 아니니 부디 본래면목에
         대한 기억이라는 끈을 놓치지 말고 자기의 참모습으로
         때때로 넘어지고, 넘어지면 일어나고, 일어나면 높이 날
         면서 드낮게 드낮게 활동하기를 안녕~! (자비가 넘치는 온
         화한 미소로 요지부동인 채 자신의 인당을 가리키며 숨이 멎는다)

교장   스승님, … (흐느낌)

심청   (연신 흐르는 눈물에 젖어) 아빠아! …

심봉사   (쓰러진다)

교장   (심봉사의 이마 인당에 자신의 인당을 포갠다)

심청   (관객을 향한 듯한 독백) 당신의 욕망은 안녕하십니까?

교장   (천천히 일어서더니)

         미친 욕망이여
         미친 마음이여
         그만 요동하라
         본래면목에 대한
         기억이 살아있는 한
         넘어지고 일어나고
         넘어지고 일어나고
         끝끝내 높이 날아요
         드높이 드높이 드낮게 드낮게
         아무것도 아니게 살아요

내가 사는 것이 아니라
저절로 사는 그놈으로 살아요
벗을 게 없는 그놈으로 살아요
나의 욕망을 내가 맨먼저
지켜보는 그 놈으로 살아요
욕망과 자기동일시를
절대로 허용치 않는
주시하는 바로 그놈이
참나라니까요
올바르게 지켜보는 그 참나 앞에서
미친 욕망이
미친 마음이
요동을 멈추고
안녕~
안녕~
나는 사라지니
나는 사라졌다는 그 생각마저
비어지니 비어지니
사람이 우주 하늘
바로 이때 저절로 우러넘치는
공성과 자비, 지혜와 방편,
진리와 참사랑의 우주 향기!
숨 쉴 때마다 이 향기 두루두루

퍼지고 퍼지고
숨 마실 때마다 우주젖 홉뽀옥
빨아마시니 빨아마시니
아아 어른이어도 난 아가야인데
아아 아가야 같은 아가야 같은
어른한테 이 죄수복이라니?
대통령도 똥장군도
왕과 거지도 죽음 앞에서는
이 죄수복처럼 벗어야 할
한때의 옷, 한때의 옷들
이 세상에 벗지 못할 옷
이 몸인가? 이 몸부터
다른 모든 몸들도 벗어야 할
옷 중의 옷 그래도
성형미인으로 세상이 허하게 겉 끓고
자연미인도 참 날 몰라 속이
허하게 끓고 끓고
진정코 이 세상에 벗지 못할
옷은 없는 것인가?
진정코 이 세상에 벗지 못할 옷,
더 이상 벗을 것이 없는
그런 옷은 없단 말인가?
여러분,

더 이상 벗을 거 없는
그놈으로 살아요!
우리 더불어 함께
그놈으로 살아요!

죄수복을 벗고 속옷까지 벗는다. 드러나는, 눈부시게 드러나는, 금빛 알
몸. 호루라기소리―

심청   아가야 같은 교장님을 잡으러 오는 세상아
아가야 같은 교장님께 죄수복 입히는 이 세상아
그 속에서도 언제나
아가야 같은 교장님께
입고 계신 듯 벗고 계신
벗고 계신 듯 입고 계신
교장님의 금빛 몸이
바로 우리들의 몸 참나임을 깨쳐서
함께 둥둥 더불어 둥둥 반대로
인간만 둥둥 인간만 둥둥 쯧쯧
인간만 살고자 하므로
나중엔 인간도 살 수 없다 하신
새얼로 둥둥 새얼로 둥둥 깨쳐
인당수와 인당을
매립되지 않게 살리시어

뿌리없이 피는 그 꽃들로

가득가득 향기롭게 하시고

구멍 없는 대금이 그대

그대가 구멍 없는 대금이니

그대 속 금빛 참나한테

그댈 온통 내맡기시면

스스로 연주되는

그 청아한 소리 들리는데

근심걱정 다 녹아요

시끌벅적 이 세상도

만파식적 되오니

여러분,

숨 쉴 때마다

행복하세요

여

러

분,

숨

마실 때마다

행~ 복~ 하세요.

조여오는 호루라기소리―.

세 쌍둥이와 여러 아가야들이 옹알옹알…. 옹알옹알 옹옹아옹아헤히이

으응, 옹알이 소리와 함께 어우러지는 가장 순수한 웃음 그 아가야들의
웃음소리들~

더 가까이 더욱 더 귀를 찢는 호루라기소리—.

— 막이 내린다.

당신의 사랑은 살아있습니까?

등장인물

애니메이션 교장
애니메이션 경비대원 1 · 2 · 3
애니메이션 경찰들 형사 1 · 2
심청(41세)
심김청일(24세 심청의 딸)
심이청이(24세 심청의 딸)
심박청삼(24세 심청의 딸)
김하늘(43세 청일의 아빠)
이땅(43세 청이의 아빠 다른 여인과
　　결혼. 농부)
박삶(43세 청삼의 아빠 다른 여인과
　　결혼. 혼인 중매자)
뺑덕아범(45세)
뺑덕이(20세)
용녀(16세)
용왕(100세)

노동자(24세 청일의 연인)
시인(24세 청이의 연인)
음악가(24세 청삼의 연인)
제석천왕
구현녀(북두구성 아홉 명의 현녀)
탕아(39세)
살인범(37세)
명상수련생들
해병아(귀신 잡는 삽살개의 애칭)
임동창
이자람
장순향무용단
사물놀이패
교향악단 외 다수
제주도 해녀춤1 · 2 · 3(해원상생춤)

제 1 막
— 제 1 경 —

막이 오르면

처마 끝에 매달린 풍경소리가 이따금 반야심경을 설하고……

인당수 그 투명한 물결이 스스로 풍경소리에 감응하듯 햇빛 되비추는 늦봄.

인당수 바다 캥거루 교실이 24년간 지속되면서 3층 목조건물로 커갔고 그 옆으로 단층 캥거루 명상실이 단정히 앉아 있는데 텅— 비어 있다.

바닥엔 명상방석 여러 장 깔린 채—.

그 텅 빈 고요를 깨치면서 서서히 새하얀 스크린이 펼쳐지더니 드러나는 애니메이션 영상.

격렬히 지나간 그때 그날 그 시절 그 사건이 생동감 있게 되살아난다.

애니메이션 교장   진정코 이 세상에 벗지 못할 옷은 없는 것인가? 진정코 이 세상에 벗지 못할 옷, 더 이상 벗을 거 없는 그런 옷은 없단 말인가?

여러분, 더 이상 벗을 거 없는 그놈으로 살아요!

우리 더불어 함께 그놈으로 살아요! (죄수복을 벗고 속옷까지 벗는다. 드러나는, 눈부시게 드러나는, 금빛 알몸. 호루라기소리—)

애니메이션 심청   아가야 같은 교장님을 잡으러 오는 세상아, 아가야 같은 교장님께 죄수복 입히는 이 세상아!

그 속에서도 언제나 아가야 같은 교장님께 입고 계신 듯 벗고 계신, 벗고 계신 듯 입고 계신, 교장님의 금빛 몸이 바로 우리들의 몸, 참나임을 깨쳐서 함께 둥둥 더불어 둥둥 반대로 인간만 둥둥 쯧쯧 인간만 살고자 하므로 나중엔 인간도 살 수 없다 하신 새얼로 둥둥 새얼로 둥둥 깨쳐 인당수와 인당을 매립되지 않게 살리시어 뿌리없이 피는 그 꽃들로 가득가득 향기롭게 하시고, 구멍없는 대금이 그대 그대가 구멍없는 대금이니 그대 속 금빛 참나한테 그댈 온통 내맡기시면 스스로 연주되는 그 청아한 소리 들리는데 근심걱정 다 녹아요. 시끌벅적 이 세상도 만파식적 되오니 여러분, 숨 쉴 때마다 행복하세요.

여러분, 숨 마실 때마다 행～ 복～ 하세요.

(조여오는 호루라기소리─) (세 쌍둥이와 여러 아가야들이 옹알옹알…… 옹알옹알 옹옹아옹아혜히이 으응으홍~~~ 옹알이와 함께 어우러지는 가장 순수한 그 아가야들의 웃음 소리들~) (더 가까이 더욱 더 귀를 찢는 호루라기소리~) (드디어 캥거루 교실로 들어선 33층 탑감옥소 경비대원들. 분명코 교장과 심청은 고요로이 있는데 그것도 바로 눈앞에 있는데 그들 눈엔 보이지 않는다)

애니메이션 경비대원1　탈출자는 어서 나오라!

애니메이션 경비대원2　독안에 든 쥐 꼴이니 어서!

애니메이션 경비대원3　염라대왕께 보낸 저승사자를 피하겠다고?

(품에서 교장과 심청의 목숨을 낚아챌 쇠칼쿠릴 꺼내들자 두 경비대원도 화가난 듯 꺼내든다)

애니메이션 경비대원2   (심봉사 시신을 가리키며) 몸 벗었나?

애니메이션 경비대원1   (심봉사 시신을 살핀다)

애니메이션 경비대원2   (심봉사 체액을 마신다) 향긋해!

애니메이션 경비대원3   그 탈출범?

애니메이션 경비대원2   (고개 가로 젖는다)

애니메이션 경비대원3   이 시체는 누구? 말로만 듣던 바로 그 무심
　　　　　　　　　　도인?

애니메이션 경비대원1   우리가 모른다면 무심도인 외에 달리 또 누
　　　　　　　　　　가 있겠어?

애니메이션 경비대원2   그럼 탈출범도 무심도인?

애니메이션 경비대원3   (고심하는 표정) 샅샅이 뒤져봐! 그래도 없음
　　　　　　　　　　가자!

　　　　　　　　　(빠르게 움직이며 살피는 중에 교장과 심청한테 서너 차례 부딪히
　　　　　　　　　는데도 그때마다 경비대원들은 장애를 느끼지 못한 채 바로 통과
　　　　　　　　　해 버린다)

애니메이션 경비대원1   없잖아!

애니메이션 경비대원2   어떡해?

애니메이션 경비대원3   이런 일 자주 일어나면 우리 조직도 해체,
　　　　　　　　　　아니면 구조조정으로 실직자 신세 (깊은 한 숨) 될 텐데 어
　　　　　　　　　　떡해…?

　　　　　　　　　(빈 쇠칼쿠리를 든 채 밖으로 나갈 무렵 스크린을 따라 사라지면서
　　　　　　　　　어둠―)

서서히 밝아오는 무대 한가운데 캥거루 명상실에 세 사람 앉아서 서로
신기하고 반가운 듯 번갈아보며 웃는다.

심청   (사진 여러 장을 포개어 들고 한 장 한 장 넘기다가 시선 고정) 이
       분이 오빠의 아들 딸? 이 분은 아내?

이땅   (사진을 보며 고개 끄덕끄덕 웃는다)

심청   (다시 한 장 한 장 넘기다가 시선 고정) 여기 두 분은 오빠의 딸
       과 아내?

박삶   (몸 기울여 자신의 가족사진을 보면서) 이쁘지?

심청   두 오빠 가족들은 다 소중하고 아름다워! 자녀들은 몇
       살?

이땅   아들이 올해 열아홉살이고 딸이 벌써 열일곱살이네.

박삶   큰 딸이 열일곱, 작은딸이 열다섯이야.

심청   우아! 딸들이 그렇게도 많아? 모두 서른 두 명이나 낳아
       키운단 말이야? 우리 한국에서 최고 딸부자네~ (모두들
       웃음보 터짐) 올해가 2034년이니까 (수첩 펼쳐 가족을 찾더니)
       음, 여깄네. 2014년 3월까지 오빠들 오고 감이 활발하게
       진행되다가 그 후로 발길 뚝! 끊어졌네~이땅 오빤 "남들
       처럼 나도 장가가서 잘 살 거야" 선언했고, 박삶 오빤
       "뭐냐? 난 죽어서도 심청 널 갖고 싶은데 니가 완강히 거
       부하니까 내가 지쳐 나자빠질 수밖에 아니, 고요히 눈 감
       고 그리움에 그리움에 울고 울다가 죽어버릴 수도…!"
       그랬던 일이 오늘 살아서 이렇게 만났으니 이십년만이

네. 기적처럼 가족사진들까지 다 보고 (두 오빠의 손 한짝씩 잡아 만진다)

이땅   돌아가신 니 아빠처럼 손만 만져보고 내 직업이 뭔지 알수 있어? 한번 맞혀 봐!

심청   (손 잡은 채 두 눈 감더니) 흙살에 흙냄새 진동을 내니까 모든 씨앗들의 자궁손이네 뭐,… 농부?

이땅   (놀람)

박삶   난?

심청   (침묵)

박삶   몰라?

심청   (손을 부벼보더니) 그 누에 있지? 누에의 그 실로 짠 손 같은데 크게는 우주은하와 지구 하늘 땅과 각국의 나라와 나라를 잇고, 작게는 남자와 여자를 잇는 그런 일?

박삶   맞아! 무슨 일이든 소통을 중시하는 중매라니깐 맞고 맞아! 그런데 김하늘은 뭣하는지 몰라? 김하늘…… 이십년 전 성전환 수술실에 들어간 후로 소식이 완전 끊겨졌는데…… 오늘 혹시 안 오니? 못 오니? 응?

심청   기다려 여태껏 기다려 놓고선 잠시를 못 기다리겠어? … 진실로, 진실로, 더 보곺고 더 만나곺고 더 부둥켜안고 싶은 걸 숨길려고 그러지? 난 다 알아요. 아니라면 잊었어? 아예 잊은 척하는 거야? 세 쌍둥이 말이야!

이땅   사, 사, 사실 이, 이, 이렇게 말야 내, 내가 세 싸, 싸, 쌍둥일 만날 때 더, 더듬거릴까 봐 잊었다고 자기최면을…

으, 으응, 응… 속으로….

박삶 　나, 나도!나, 나, 나…!

심청 　만나면 자신이 아빠라는 걸 알리거나 숨기거나 그건 자
유야. 혼란 속에 질서를 찾게 하는 것도 좋고. 질서 속에
혼란을 초래케 하는 것도 좋고. 다만 살짝 미리 알려줄
것은 세 쌍둥이의 아빠 오직 한 명뿐으로 두 오빠의 절친
한 친구, (이때 세 쌍둥이 등장)

청일 　(찻상 든 채 두 분께 첫인사. 그리고 앉더니 찻상을 차린다)

청이 　(다과 든 채 두 분께 첫인사. 그리고 앉더니 다과를 차린다)

청삼 　(찻물 든 채 두 분께 첫인사. 그리고 앉더니 찻물을 차린다)

청일 　(일어서더니) 우리의 아빠 세 쌍둥이들인 우릴,

청이 　(일어서더니) 우릴 낳으시고

청삼 　(일어서더니) 여자로 바뀌었어요. 모시겠습니다!

김하늘 　(해병아와 함께 등장하자)

청이 　박수로 맞이해 주세요!

이땅 　(박수치며) 하늘아, 내 친구 맞니?맞아, 하늘아!

박삶 　(두 팔 벌리며) 언젠가 해에서 달도 불거져 나올 거라고 부
모님께 널 하늘, 하늘로 지었나 보다. 신기하고 아름다운
내 친구야! 서먹서먹한 맘이…… 예상했는데 그게 전혀
아니고, 백퍼센트 우정으로 친구야, 반갑다 친구야!

해병아 　(짖어댄다)

김하늘 　나의 친구들이라 반가워 짖는 거니? 그래, 그래, 반가워
서 그러는구나.

해병아	(꼬릴 빠르게 흔들며 연신 짖는다)
김하늘	앉아 차 한 잔 먼저, 어때?(포옹의 분위기 사라지고 다들 찻잔을 중심으로 앉는다)
심청	이십년 전 우리 지구에 사흘간 칠흑 같은 암흑기가 유지되면서 수많은 사람들이 강렬한 빛에너지에 감전되어 살아도, 그 축복을 감당치 못해 소화불량증 전쟁, 착취, 약탈, 불평등, 애국적 보호무역이나 강화시키던 어리석게 힘센 그 목숨들도 스스로 파괴되어, 다들 죽었었는데, 우린 이렇게 살아서 통과해 만남까지 이루니 마치 꿈을 꾸는 거… 차 한 잔!(차 들자 다들 들고, 마시자 다들 마신다) 이 나이까지 가슴이 설레고 사랑이 살아 넘치니 이를 어째—!
김하늘	이 고귀한 새 생명의 딸들을 내가 아무리 사랑한다고 해도 심청을 능가할 수가 없어. 왜?자궁 안에서 열 달 동안 딸들과 완전한 일체가 되어 누린 행복함, 편안함, 안락함, 황홀함의 일치경험이 없는 그 결핍으로… 드디어 내가 여성으로 바뀌었는데도 가슴엔 구멍이 아직도 뚫려 있었어! 이 구멍 안에 누가 앉아 있는데 그게 누군지 아니?
청이	우리 세 쌍둥이, 그 가운데 이 몸!아빠, 그렇죠?
청일	아니고 바로 이 딸일걸!
청삼	모르는 소리, 아빠께 직접 들어봐. 바로바로 이 몸이라니까 아니면, 우리 엄마! 그럼 누구세요?

김하늘　……엄격히 말하자면 이 가슴 동굴 속엔 사실상 아무도 없어 왜 그럴까, 친구야?

박삶　늘 비어 있어야 늘 골고루 담을 수……다부다처제, 삶살이를 지속하려면 「빈가슴」 이게 전제되지 않으면 전쟁터로 바뀐다니까!

이땅　그건 말야, 딸들과 심청으로 가득 차있다는 역설적 고백 아닐까? 한 때 내가 그랬었거던……(딸들을 보더니) 너흰 나, 나, 이 말뜻 알겠니? 아, 엄마가 니네들 말야, 수중 출산할 때 출산 도우미 역할도 했었고, 너희들 세 살까지 기저귀 씻어말려 갈아주며, 업어주고, 보듬어주고, 목말 태워, 새얼이 둥둥 새얼로 둥둥 노래도 불러줬는데 기억 나니?

박삶　내, 내, 내가 더, 더 보살폈는데 모르겠어? 다부다처제로 살다 보니까 어느 놈이 내 딸 내 아들인지 모른 채 살고 있어. 그러나 이곳엔 내가 아빠… 분명하게 아,

청이　기억나는데요 최근 꿈에서 뵌 것 같아요!

이땅　친구야, 다부다처제로 얻은 새로운 의식이 있다면 이 세상 모든 아이들이 전부 나의 자식으로 몽땅 다 품어지더라고 했잖아?

박삶　이곳에 오니깐 그게 안 되네. 왜? 난, 알아요, 아니까 잊으려 애쓸수록 더 명료히 알아지네! 이걸 잊으려고, 텅텅 비워버리려고, 제주도 용오름 생명사랑나무에다 나의 생명씨를 나도 여러 번 걸어두었었어. 언젠간, 용왕이 아

주 우람한 생명사랑나무로 바꿔줄 것이라고 했잖아! 어
제도 걸어두고 왔었어. 어느 여인을 통해 내 자식이 태
어났을 텐데… 이 생각이 들어오면 그놈들 만나고 싶고
그리울 때가 있지만, 이곳만큼 보고 싶진 않았어 (안타까
운 듯 가슴을 쓸어내린다)

이땅 (다른 두 딸 살펴본다)

청삼 처음 뵙습니다.

청일 첨인데… 아빠 같은 느낌이…!

청삼 하지만 제 아빤 여자예요.

청이 (심각하더니) 아… 빠…?

이땅 (박삶을 쳐다본다)

박삶 (마주 본다)

김하늘 질문 받고 답 못해 주면 앞니에 새까만 털난다.

이땅 아, 아, 너희들 세 살 이전 땔 기억하는지 뭐, 그, 그게 궁
금했지…

박삶 (침묵)

이땅 (깊은 한 숨)

박삶 부담가는 경제적 비용 때문에 너희 세대들은 로봇 아가
를 키우느라 앞가슴 풀어 헤치고 모유수유로 키운다는구
나, 그런가?

이땅 (자신의 가슴이 아리는 듯 아프게 가리키며) 차라리 로봇아가
라면 이토록 속울음으로 이 가슴이 흥건히 젖진 않았을
걸 아흐, 이 젖어드는 가슴 아, 이 가슴 울음소리 보이고

들리나?

청이 가슴울음…! 가슴… 혹시 제, 제 아… 빠?

이땅 (눈물 억제)

김하늘 두 번째 질문 받고도 답 못해 주면 어금니에 개털난다.

이땅 (다소 당황)

박삶 (침묵)

청삼 아… 빠?

김하늘 세 번째 질문 받고 답 못해 주면 사랑니에 빨강빨강 솜털 난다.

이땅 (입술 깨문 채 고요히 흘러넘치는 눈물) 표현할 마, 마, 자, 잘 떠오르질…

박삶 (글썽글썽)

이땅 (눈물 훔친다)

박삶 (분위길 바꿔보려는 듯) 거~ 있잖아~ 이빨마다 온통 털 날 거면 이왕지사 무지개털이면 좋겠어!

이땅 (침묵)

박삶 아아~ 이놈의 세상이 온통 무지개로 무지개 털 세상, 무지개 인생, 무지개 삶살이, 무기재 생명살이, 아주 아주 짧아도 그랬으면 좋겠어!

이땅 (그제서야 풋설피 웃더니) 친구야, 니 이빨마다 온통 무지개 털 난 상태에서 니가 활짝 웃어. 홋, 홋, 으홋 웃겨~ 그런 데 왜 자꾸 눈물이 나냐?

심청 (고요히 기침 한 번 한 다음 차를 들자, 다들 차를 들고, 마시자, 다

들 마신다)

이땅 사랑이 뭔지…? 이찍껏 난 모르겠어….

박삶 아직도 고걸 몰라, 고까짓 거 말야. 질문 심각중이 사라지면 너무 쉬워, 말하자면 타인에게 이로운 웃음행복을 주는 거, 바로 사랑니에 무지개털 난 게 사랑이야!

청이 (확신에 넘친 목소리) 아빠!

이땅 으, 으, 나?

박삶 나?

청삼 아빠아!

박삶 으, 나?

이땅 나?

청일 (직관적 믿음이 넘친 듯) 여자 아빤 청일의 아빠죠? 농부 손이신 분은 청이의 아빠죠? 만물을 이어주는 손을 지닌 분은 청삼의 아빠죠? 엄마, 왜 이런 일이 생겼나요? 제 느낌 맞죠? 느낌, 아니까요!

심청 (끄덕 끄덕)

청이 (일어선다)

이땅 (일어선다)

청삼 (일어선다)

박삶 (일어선다)

청일 (일어선다)

김하늘 (일어선다)

심청 (일어선다)

맞절로 깊이깊이에서… 사랑의 핵에너지가 샘솟아 서로 교류…… 누가 먼저랄 것도 없이 밝고 맑은 흐느낌이 무대와 객석을 진동하는 때에—

탕아   (노크도 없이 문 열고 등장)

청일   (젤 먼저 일어서더니) 누구세요? (다들 일어선다)

탕아   성도 없고 이름도 없소

청일   어떻게?

탕아   왜 묻소?

청일   누굴 찾으세요?

탕아   여기 가면 명상할 수 있다기에 왔소.

심청   오셨으니 차 한 잔! (차를 중심으로 다들 둘러앉는다. 방석을 내밀어 주며)

탕아   (합장 후 앉는다)

심청   (차 한 잔 내민다)

탕아   (받는다)

심청   (마신다)

탕아   (마신 후 빈 잔 들어보이며) 이것이 뭣이오?

심청   (잔 잡아채 깨뜨린다)

탕아   다가오는 거친 일처럼 거칠군요!

김하늘   무슨 일?

탕아   성도 없고 이름도 없는 일이오.

김하늘   어떤 일?

탕아   여성만 골라잡아 죽이는 연쇄살인범! 이 살인범은 체포

령이 떨어졌는데도 신출귀몰 잡히질 않고 이곳까지 와서 여성을 노린다는 소문이 파다하니 조심하소.

김하늘   이 몸을?

탕아   (침묵)

김하늘   딸들을?

탕아   (침묵)

김하늘   살인범이나 살인당할 사람이나 어차피 죽기는 서로 피할 수 없으니, 어디서 죽이고 살리고 공포의 헛소릴 지껄이는가?

탕아   (헛기침)

청이   아이고! 아이고!

탕아   (일어서더니 자신의 가슴 친다) 내게 왜 노잣돈 한 푼 보태지 않고 송장처럼 사시오? 왜? (이땅과 박삶을 툭툭 찬다)

청삼   (일어서더니 탕아에게 합장)

청일   (일어서더니 탕아가 나가야 할 벽 가리킨다)

탕아   옳긴 옳소만 인생 사는데 사방팔방 시방이 다 은산철벽 이죠. 그러하더라도 못 뚫을 건 없으니 아예 벽은 없는 것!

심청   아이고! 아이고! 아이고!

이땅   (일어서더니) 아이고, 아이고, 아이고!

박삶   (일어서더니) 아이고오~ 아이고오~ 아이고오~!

탕아   여기 올 살인범이 이치를 쫓아 살인할 텐데 원수의 그 고통을 미리 덮어주려고 곡소릴 지르는 것이요? 아이고오?

아이고오?아이고오?

심청　이곳에서 살인범이 장차 죽을 것이다. 죽여 새 사람으로 태어나면 귀히 초대받을 것이오. (이때 문 두드리는 소리― 무대 위 모든 사람들의 시선이 일제히 문을 향한다. 긴장된 침묵― 다시 문 두드리는 소리― 제법 긴 침묵이 흐를 때)

탕아　(침묵 그 긴장된 침묵에서 나오는 듯한 가느다란 곡소리) 아이고 ～ 아이고～ 아이고―. 내가 문 열고 떠나갈 땐 누군가 열린 틈으로 들어오리라― (나간 즉시 들어오는 세 사람)

노동자　왜?누구 돌아가셨어?

청일　응, 낯선 사람이 방금 돌아갔잖아 못봤어?

시인　괜찮아?

청이　왜?

시인　(침묵)

음악가　청삼아!

청삼　(쳐다본다)

음악가　살인범이 어쩌구 저쩌구 곡소릴 내더냐?

청삼　(탕아의 가느란 곡소릴 흉내) 아이고오～ 아이고오～ 아이고 오～ 이러더라!

음악가　(개와 마주 보며) 그 사람 누구지?

노동자　우리 해병아가 그 사람 왔을 때도 이렇게 꿀 먹은 벙어리 였나요?

시인　해병아, 안 보였어?아님 너와 친한 사이였어? … 그것도 아니라면 그가 바로 귀신도 사람도 아닌 거였니?만약 그가 귀신이라면 넌 귀신 잡는 솜씰 가졌잖아 웅. 왜 가만 있었니?

음악가 　어제도 여러 사람 보는 앞에서 갑자기 춤을 추며 사라져 버렸어, 눈 깜짝새처럼 없어졌어!

김하늘 　자아, 해병아는 그만 거기 두고 이리 앉게나, 차 한 잔!

노동자 　(청일이 곁에 앉는다)

시인 　(청이 곁에 앉는다)

음악가 　(청삼이 곁에 앉는다)

김하늘 　(고요히 주시하며 빈 잔마다 채워준 다음) 자, 정신을 맑게. 다들 마십시다. (다들 마신다) 오늘처럼 날마다 특별난 날이려면 사랑 그 자체로 살면서 사랑으로 사는 줄도 모르는 삶일 때라야 하는 거 잊지 마! 젊은 청춘들아, 오늘도 바로 그러한 날이야, 으음― 놀라지 말고 큰절부터 드려라. 여기 계신 내 친구 두 분께 아니아니, 청이와 청삼의 아빠께.

노동자 　네?

시인 　청이 아빠?

음악가 　어느 분이 청삼이 아빠죠?

박삶 　(자신을 가리킨다)

시인 　청이 아빠?

이땅 　(고개 끄덕인다)

시인 · 음악가 　(서서 큰절 올린다)

이땅 · 박삶 　(맞절로 큰절 받아들인다)

음악가   특별하고 특별한 날이군요!

김하늘   어르신들의 사랑 이야길 들어보면 가슴이 부풀어 졸립지 않을 거야 어때? 사랑! 어때?

노동자   사랑 그 자체가 됨은 어떤 상태의 경지인가요?

시인   영적 감응으로 시의 절정이 터질 때 여태껏 남자 속에 숨어있던 자궁이 터지는 그런 상태의 경지죠?

음악가   소리 없는 소리로 이 온몸이 악기가 되어 우주공명으로만 연주되어지는 그런 상태의 경지죠?

노동자   남이 괴로워하는 일을 자발적으로 도와주고 도와준다는 생각이 전혀 없을 때이거나 일에 몰입하여 일 그 자체로 황홀함이 일어나는 오르가즘 같은 그런 상태의 경지죠?

김하늘   답 잘못하면 아래 위 앞니 어금니 사랑니 울긋불긋 털 칠갑할 텐데 다행히 딱 한 분 계셔, 누구?

청일   우리.

청이   엄

청삼   마

심청   사랑의 이름으로 남편을 아내로 소유하고 아니야, 서로 소유당해 주고서 아내는 그 남편을, 남편은 그 아내를 더욱더 확실하게 법적 소유권을 취득한 다음, 부모가 되어 아이들을 공동소유 공동양육으로 서로서로 잘해내다가, 맞지 않으면 양육권으로 법정투쟁까지 이어지기도 하고, 이런 방식으로 사랑이 소유의 쇠사슬로 어느새 바뀌었어, 바뀌어 사랑은 소유를 위한 안전장치로, 소유를 위한 변명거리로, 소유를 위한 포장지로만 남고, 사랑! 그 알키는 없어져 버렸어. 이 공허감을 채워보려고 겉으론 늘 상대를 존중하지만 속으론 상대를 존엄히 대하는 것이 아니라서 자기기만과 상대속임을 동시진행하게 되는 거야. 사랑의 알키가 소유로 교체 그걸 모르고 사니까 당연히 삶의 질이 추락할 수밖에. 다른 순수 원초적 축복이 있겠니? 이를 나중에야 알게 되지. 그 처참한 비극을 나중에도 모른 채 길게 방치했을 땐 세월호처럼 인간이 물건으로, 인간이 상품으로, 인간이 쓰레기로 취급되어 그 존엄한 인간 생명의 가치가 '가만히 있으라' 로…… 이에 304명은…… 죽음…… 교장님처럼 탈출했었어야… 지금도 생각하면 마음이 아려… '가만있으라, 믿고, 어른에게 맡겼었는데 결과는 수백미터로 근접하는 깊은 수중 속에 익사 수장되어 싸늘한 주검뿐이었어! 사랑의 알키를 소유로 교체시킨 삶이 마침내 이런 사회로까지 이르게 되는데, 이런 사랑의 물신화는 남이사 죽든 말든, 지독한 욕정의 악취로 가득 찰 수밖에 다른 도리가 없게 되고, 그런 자신의 모습을 보곤 자기실망과 자기싫증으로 자기파괴를 일삼다가 급기야, 이 모든 원인을 상대 탓으로 돌려버려, 수많은 사람들이 겪는 괴로움이 이런 사랑이지만 사랑은! 그래도 우리들의 사랑은, 동해물과 백두산이 마르고 닳도록 하느님이 보우하사에서 나타나듯 사랑이 하느님이셔!

이땅   (박삶을 보고) 너에겐 사랑이 지옥 아니신가, 혹시?

박삶   지옥을 맛봐야 사랑의 알키를 추구할 수 있다는 뜻이야!

이땅   그런가!

박삶   우리 둘을 까놓고 말하자면 아직껏 너는 사랑이 반찬이
         시고 아직껏 나는 사랑이 밥이시다. 완전한 사랑은 말야,
         밥 따로 반찬 따로가 아니라 밥반찬이 하나로 어우러진
         비빔밥, 그러니까 비빔밥이 하느님이셔~.

청삼   엄만 제 아빠와 한 번이라도 비빔밥이셨나요?

심청   (웃는다) 그렇지 않았다면 너희들이 어떻게 태어났겠
         니…….

청이   사랑이 하느님이시라면 제 아빠 엄마의 뭐였어요?

심청   너희들의 남동생이고 따라서 나의 막내아들들이다.

노동자   여태껏 왜 헤어져 사셨는진 다음 기회 때 묻기로 하구요,
         지금은 사랑이 하느님이시라면 그 하느님과의 지속적 교
         류는 가능합니까?

시인   지속적 교류가 되려면 자궁을 가진 남자로 변화돼야 하
         죠? 저는 시를 마치 벌이 꿀을 따 와 밀봉하듯이, 이 가슴
         속 자궁에 담아, 익혀 키울 때 행복하거든요! 발표하고
         나면 책 속에, 혹은 액자 속에 갇혀 있다가 어떤 경우엔,
         엿바꿔 먹고, 쓰레기통에도 들어가는 걸 몇 번 봤는데요,
         가슴이 아프고 슬펐어요. 출산일이 된 여자처럼 구체적
         아이로 탄생한다면 얼마나 좋을까…! 이런 제 느낌 때문
         에 그런지 청일을 대할 때마다 저는 열등감에 시달립니

다. 이를 어떻게 극복하면서 균등한 교류가 지속되어 사랑 그 자체의 꽃으로 피게 할 수 있을까요?

음악가 꽃이 사랑이라면 하느님은 꽃이고 그 향기는 바로 영혼입니다. 사랑의 영혼! 이 사랑의 영혼이 음률로 속삭이다가 마침내 끝도 없는 침묵이 저를 연주하는데 청삼은 이를 아는 듯합니다. 그러나 날 사랑한다는 고백은 아직 한 번도 던져준 적이 없습니다. 이런 상태인데도 사랑은 지속 가능합니까?

심청 첫째, 사랑을 감췄는데도 자취가 남아있음 안 돼!

둘째, 자취를 완전히 지워버렸는데도 자취를 지워버렸다는 생각이 남아있음 안 돼!

셋째, 사람을 사람으로 보는 것은 사람을 본 것이 아니고, 그렇다고 사람을 사람으로 보지 않는 것 역시 사람을 본 것이 아니야. 긍정과 부정의 생각을 모두 없애야 비로소 진정한 긍정과 부정의 올바르고 자유한 사람이 된다.

넷째, 마찬가지야 사랑을 사랑으로 보는 건 사랑을 본 게 아니고 그렇다 하여 사랑을 사랑으로 보지 않는 것 역시 사랑을 본 게 아니야. 사랑과 미움의 생각은 모두 없애야 비로소 진정한 사랑과 미움의 올바르고 자유한 사랑이 되는 거야, 이것이 바로 참사람 참사랑이다! 이 교류는 맑고 밝고 아름답고 향긋한 자유의 생명삶 그 자체이므로 늘 어우러져 하나이면서 둘이고 하나도 아니고 둘도 아니다가 둘 다 그냥 그저 아무것도 아니다가 그래서 언제나 신성한 천지창조 이전의 이것! 이것, 시인의 황홀한 자궁! (하늘에서부터 장엄히 울려퍼지는 '다시 아름다워요, 노래가 아카펠라 허밍으로 객석을 감쌀 때 저어 하늘꽃비가 내린다. 무대 객석 두루두루 다 내리고 내리고 내리며 덮는다) 이 허밍과 꽃비가…… 이 꽃비… 허밍…… 하늘이 행복해 할 때 허밍…… 꽃비, 사람몸이 허밍과 함께 제각기 고유한 악기가 되어 절정을 향하고 특히 착취에서 해방된 노동의 신성한 땀, 그 끓어오르는, 진실로 진실로 진심의 땀 속에서만 피어나는 한 송이 연꽃을 우리는 오르가즘 혹은 엑스터시즘이라고 하는데 바로 사랑이 하느님일 때가 이럴 때!

하느님은, 동해물과 백두산이 마르고 닳도록 하느님이 보우하사~ 하느님은 존재계 전체에 대해 불평불만이 전혀 없으셔. 오직 사랑 그 자체일 뿐! 생사에 대한 두려움과 어떤 공포불안도 없어. 오직 사랑을 통해, 태어남 없이 태어나는 일만 거듭하셔. 거듭거듭 나시어 그대는 이 우주, 다중우주, 존재계 전체로 살게 돼, 끝끝내 전체로 살게 되는 거야, 마침내 궁극본향인 이무것도 아니면서 동시에 모든 것이신 그 본향이 되는 거야! 돈과 명성을 놓치더라도 외부의 다양다채로운 물질을 깡그리 몽땅 다 놓치더라도 한 송이 꽃으로 피워야 할 이것이 바로 참사람 참사랑! 이 참사람참사랑은, 이 참사람참사랑은, 관계가 아니라, 관계가 아니라, 실존적 교류를 통한 살아있는

현존 경험인 것이야!(자신의 가슴 한복판을 가리키며) 그래서
이것 뿐! 궁극현존 경험을 굳이 언어로 서술한다면 순전
히 남을 이롭게 살려준다는 것 (다시 자신의 가슴을 가리키
며) 이것 뿐! 머리를 버려야 이것이 열리고 이것이 열리면
기도와 명상과 축복이 저절로 넘쳐, 저절로!
(하늘에서 이번엔 허밍이 아니라 우리나라 언어로 생생히 울려펴
지는 '다시 아름다워요' 축복 노래와 함께 하늘 꽃비가 또 내린다)

지금 당신의 사랑이 살아있음에
여기 당신의 사랑이 살아있음에
다시 우리 사는 세상이 아름다워요
지금 당신의 사랑은 살아있습니까?
여기 당신의 사랑은 살아있습니까?
사랑이 있어야 할 때 사랑이 없으면
이것이 죄입니다. 사랑이 있으면
다시 우리 사는 세상이 아름다워요
다시 아름다워요
생명사랑나무 사랑자체 나와서
생명사랑나무 사랑자체 나와 너
생명사랑나무 사랑자체 우리들
다시 아름다워요
(하늘 꽃비가 다시 자꾸 내리면서 이어지는 심청의 말씀)
이러히 저절로 공성과 자비 속에서, 지혜와 방편 속에서,

이루어지는 줄 모르고 이루어지는 거야. 흐르는 줄 모르고 끊임없이 흐르면서, 끝끝내 우주바다가 그대이고 끝끝내 하느님이 바로 그대 사람이셔! 차이가 있다면 그대가 아직껏 씨앗상태로 사느냐? 새싹으로 사느냐? 꽃봉오리로 사느냐? 화알짝 한 송이 연꽃으로 사느냐? 가시연꽃의 가시로만 사느냐? 사람의 자유의지한테 참사랑 자체는 내던져진 거야! 사회상황 속으로 내던져진 거야! 그 상황과 가족관계 일, 건강까지 섬세히 구체적으로 알고, 그 중에서 가장 보잘것없는 한 사람을 이롭게 해 주는 것이 사랑이야! 그 한 사람이 바로 나 자신인 거야! 이러히 밑바닥까지 많이 사랑하는 사람은 고통도 많이 당할 것이나, 동시에 큰 기쁨을 맛볼 것이고, 적게 사랑하는 사람은 그만큼 고통이 적을 것이나, 기쁨 또한 적을 것이니…… 우리가 사람으로 태어난 이상 사랑 자체라야 해. 그대가 사랑 자체일 땐 국민의 괴로움, 슬픔, 눈물, 뼈아림, 그리고 그 속에 깃든 깊은 기쁨의 원천이 바로 그대가 되는 거야. 국민을 지극정성으로 사랑할 때, 국민 한 사람 한 사람의 이름을 기억하고, 그 사람이 처한 상황에 대해 환심을 사려는 것이 아니라, 얼마나 사람다운 마음을 갖고 사는지를 스스로 살피시는 것이 곧 하느님 사랑인 것이고, 하느님 사랑이 바로 자신의 형상으로 빚은 사람사랑인 것! 벌써, 세월호에서 나타났잖아? 사람이 사랑 자체일 땐 자신의 목숨까지도 바치며 선생님과 한 승무원은 학생과 승객을 구해내느라 자신은 돌볼 겨를도 없이 하늘나라로 가신 것을! 이에 비해 선장은 어떠했는가? 선장을 따른 나머지 승무원은 자신의 동료조차 부상당해 있는데도 본체만체 그냥 저거끼리 가라앉는 배 속에서 캔 맥주까지 마시곤—, 가장 처참하게 다리를 다쳐서 가장 짐스럽고 가장 보잘것 없어진 그 한 사람은 버려두고 나왔어! 이렇게 그들은 살았지만 이것이 살았다고 할 수 있는 삶인가? 부상당한 그 한 사람을 버린 것이 곧 자신을 버린 것이고 따라서 그 한 사람의 죽음이 곧 자신의 죽음인데도 그걸 모르고 산다면 그 삶은 산송장의 삶이지! 304명을 죽인 오천만 우리 국민삶은 이와 같은 거야! 사랑이 살아있으면 누구나 하느님이시지만 사랑이 죽어 있으면 살아도 산송장이고 사랑이 집단적으로 없으면 그 것이 집단적 국가죄가 되고 그렇게 무책임한 산송장 국민은 산송장 국가를 지속시켜 물신적, 경제적, 추구에만 매달리게 해! 삶의 질은 저질 민생 국가로 OECD 하위권으로만 자리매김될 뿐인 거야. 그러니 사람이 사랑 자체로 늘 살아 행동해야 해! 언행일치는 여기서 나오는 것이니라!

하늘에서 또 다시 애달프게 모든 이들의 가슴 적시는 '다시 아름다워요' 허밍과 함께 노란 리본, 노오란 봉투가 꽃비처럼 내리고 노란 종이 배는 무대 객석에서 솟아오르다가 주춤 내리고 또 오르길 반복하자 관객석 여기저기 흐느끼는 소리―

슬프고 애잔한 곡조의 허밍이 희미해질 무렵 상처치유와 죄씻김의 정
화 회복인 꽃비, 하늘꽃비 같은 노란 리본 노란 봉투 노란 종이배 현상
도 사라지더니―

심청   우리는 내일 밤 해골공원으로 간다!

음악가   어제 보았다는 그 낯선 사람이 여기서도 곡을 했다는데
           어떻게 하였죠?

이땅   (일어서더니) 아이고!

박삶   (일어서더니) 아이고! 아이고!

심청   그때 산 사람은 누구였고 죽은 사람은 누구?

이땅   (침묵)

박삶   (침묵)

청이   아빠, 모르시겠어요?

청삼   아빠 아시죠?

심청   그러면 퍼뜩 두 딸이?

청이 · 청삼   (천천히 일어서더니) 말 · 도 · 안 · 돼 · 돼 · !!

이땅 · 박삶   아이고! 아이고! 아이고!

심청   붉은 수레바퀴는 서산으로 떨어지는데 지금 두 막내아들
           영혼은 어디로 가야 하는가?

이땅 · 박삶   아이고! 아이고! 아이고!

김하늘   (만원짜리 지폐 두 장 꺼내어 돌돌 말더니 막내아들 저에다 각각 한
           장씩 연필 끼워 걸치듯 끼워걸친다. 곡소리는 더욱더 슬피 이어지

면서 서서히 꺼지는 조명—)

— 제 2 경 —

깊은 밤.

하늘엔 달 북두구성이 유난스레 밝고 맑다. 빛나는 왕관별 그리고 아르크트루스 별자리도 아득히 보인다. 그 사이로 별똥들이 떨어져 내리는 해골공원—. 활활거리는 도깨비불들, 늑대와 부엉이 울음소리—.

무대 중앙엔 해골들이 즐비차게 널려 있다.

무대 좌우로는 파헤쳐진 무덤들을 계속 파헤치는 쥐떼 그리고 너구리 족제비떼가 시신의 살점을 뜯으며 들락날락—.

무대 왼편으론 고요하고 평화로운 사람들의 목소리. 무대 오른편으로 죽임을 노리는 긴장된 사람들의 목소리가 객석으로까지 퍼진다.

김하늘(목소리) 딸들아, 신선한 피에 굶주린 늑대들이 너흴 먹으러 올 것이다. 괜찮으냐?

딸들 (침묵)

심청(목소리) 청일이는 늑대한테 심장을 파먹힐 것이고, 청이는 밥통을, 청삼인 자궁과 엉덩일 뜯길 것이다. 괜찮으냐?

딸들 (침묵)

김하늘(목소리) 딸들아, 여기서부턴 부모가 함께 할 수 없다 어떠냐?

딸들　　　　(침묵)

심청(목소리)　　설령 늑대들의 밥이 되더라도 도와줄 수 없고 이 엄마 결코 울지 않으리라. 오히려 나의 발로 시신이 된 너희 휘 툭툭 차면서 물어볼 것이니 죽어서도 깨어서 바른 응답을 해야 비로소 너희들은 내 딸이 되는 것임을 잊지 마! 응? 스스로 너희가 너흴 낳는 엄마가 되면서 동시에 자신이 아가야로 다시 사는 것이니 잊지 마, 응?

딸들　　　　(침묵)

김하늘(목소리)　　자아, 이젠 가거라! (세 딸들이 무대로 향하는 발자국 소리―)

살인범(목소리)　　실패하면 니 아들은 이 손에서 목줄 끊어지는 거 알지? 흐으 흐흐흣…….

뺑덕아범(목소리)　　제, 제발 내, 내 아들만은.

살인범(목소리)　　저 세 딸들과 애비는 이곳으로 잡아와 반드시 흐흣… 흐으웃, 니 아들 뺑덕이가 직접 죽이는 거야, 왜냐구? 뺑덕어멈이 심씨 집안 늘상 등쳐먹고 살았잖아. 여태껏 반성 한 번 없이 가업을 잇다 보니 내가 너희들을 못 봐 주겠어 내가! 그래서 이참에 심씨 가족을 죽여야 하는 데까지 이르른 거야. 나처럼 제발 깨달으라고! 깨달으라고! 알겠어? 자신이 얼마나 무지무지 끔찍 추악한 삶을 살았는지 반성하라는 게야. 아직 모르겠어? 죄가 크면 축복 또한 크다고 했거던, 으흐흐 변명이, 합리화가 아, 이것이 사람들을 망치게 해. 선하게 산다는 사람들이 얼마

나 악하게 사는 사람들인 줄을 모른 채 착하게 산다는 것
으로 여기잖아. 그렇지?안 그래?

뺑덕아범(목소리) 빼, 빼, 뺑덕 에미 그년이 그, 그랬소만 나, 나,
난…….

살인범(목소리) 닥치고! 이런 닥치고, 변명, 합리화를, 발가벗겨 봐.
그리 해 보라구. 즉각 투명한 정직성이 참회주체로 바뀌
게 돼, 응?바로 그때 죄란 죈 다 떨어져 나가는 거야. 새
롭게 거듭 태어나는 거란 말이야. 그러니깐 꽁수 꼼수 깡
수로 살살거리지 말고, 추접부리지 말고, 부들들 떨지 말
고, 화끈하게 심씨 가족들 죽이구, 속죄하여 거듭 태어나
라구우―, 알았지?흐흐흐.

뺑덕(목소리) 제 아빨 왜 나쁜 사람으로?

뺑덕아범(목소리) 쉬잇―, 오고 있으니 조오타 죽일 때가!

살인범(목소리) 심청은 내가 직접 처리할 테니 너흰 손대지 마. 흐
흐홋 명상실에서 내가 단독 처리할 테니까! 이 길로 먼저
가서 기다리는 나를 잊지 말고 심청은 홀로 버려두게나,
흐으웃.

뺑덕아범(목소리) 쉬잇!

청일 (무대 왼편으로 나오더니 파헤쳐져 금세라도 무너질 듯한 무덤 위
에 앉자 작은 축생들이 시신의 살점을 뜯는데 눈 부릅뜬 채 이 광경
을 꿰뚫어보는 명상―)

청이 (다른 무덤 위에서 그렇게―)

청삼 (또 다른 무덤 위에 앉아 그렇게―)

뺑덕아범(목소리)　(아주 낮게) 아들아 내, 내 하나뿐인 아들아 저, 저
　　　　들을 모두 죽여야만 니, 니가 산다. 오랏줄, 칼, 총, 도끼,
　　　　톱, 목조리개, 비닐봉투 등등 갖가지 무긴 여기 있으니
　　　　고, 고, 골라잡아서 주, 죽여라 죽이라구 으응!

뺑덕(목소리)　도와주실 거죠. 아빠아―.

뺑덕아범(목소리)　그래, 그래 쉬잇―. 가서 잡아들일 테니깐 넌 주,
　　　　준비해 있어! 웅?

뺑덕아범　(오른편 무덤 뒤편에서 조심스레 고개 내밀더니 왼편 무덤으로 이
　　　　동한다. 사이사이 늑대 울음―. 부엉이 울음―. 밤새들 날갯짓 소
　　　　리―. 이윽고 등장. 헛기침 서너 번)

딸들　(침묵)

뺑덕아범　(보다 큰 헛기침) 살아생전 뺑덕에미께 이루지 못한 잘못
　　　　을 완성시키려 내가 왔노라! 뺑덕 아범이 여기 왔노라!
　　　　(더 큰 헛기침)

청일　이루지 못한 잘못?

청이　(소름 돋는 저음의 곡성) 아이고! 아이고~!

뺑덕아범　죽을 신셀 알고 미리 슬퍼하는군… 기분 더럽게….

청이　(더 슬피) 아이고! 아이고!

청삼　누가 먼저 죽건 죽기 전에 이거 아셔야지요. 우리가 왜
　　　　곡을 하죠? 모르시나요?

뺑덕아범　(오히려 기회가 왔다는 듯) 모, 몰라서 창피지만 내, 내 아들
　　　　놈도 이것! 모, 몰라서 그거 아는 분 계시면 자신의 스승
　　　　으로 삼겠다며 꼭 모셔오라 했는데 그곳엘 가서 들을 수

있는 기획?

청일　　먼가요?

뺑덕아범　맞은 편 무덤이라오.

청이　　무덤?

청삼　　아들이 왜 무덤에서?

뺑덕아범　임시 거주지로 아이고! 아이고! 그 답을 풀 때까지!

청일　　애들아 명상 끝난 후 가도록 하자 어때?

청이　　(끄덕)

청삼　　그러자!

청일　　아까 뺑덕 엄마께서 이루지 못한 잘못을 완성시키려고
　　　　여길 왔다 하셨죠?

뺑덕아범　(약간 당황) 아, 으, 예!

청이　　우리들 할머니 심청께서는 뺑덕어멈이 은인 중 은인이라
　　　　서 늘 감사하며 사셨더랬어요.

뺑덕아범　은인 중 은인?

청이　　네에―, 모르세요?

뺑덕아범　부, 부끄럽게 또 모, 모르겠으니 당장 알고 싶어!

청삼　　우리 할머니 심청을요, 공양미 삼백석과 맞바꿔 용궁에
　　　　들게 해 주신 뺑덕어멈!

청일　　용왕까지 만나게 해 주신 뺑덕어멈!

청이　　왕후와 같은 대접 받으며 수술기구 한 점 없이 장님잔칫
　　　　날 눈 띄워주는 축복 능력자로 거듭날 기획 주신 분이 바
　　　　로 뺑덕어멈! 그러니까 저희들이 은혜 갚아야 할 분을 직

접 만났으니 명상 끝나는 대로 꼭 아들 계신 곳에 갈게
요. 가서 기다리세요~.

뺑덕아범   믿고 또 미, 믿고 기, 기다리겠으나 아, 아빠도 함께 오,
올 순 없는지?

청일   제 아빠 여자예요. 미리 말씀 드리는 건 나중에 놀라지
마시라고요.

뺑덕아범   어, 어쨌건 저쨌건 고, 고마워… (퇴장―)

저 높은 곳 하늘나라 북두구성에서 은빛 줄이 아홉 줄 내려오더니 아홉
명의 현녀가 모습을 드러낸다. 각자 금빛 지팡일 들고서 딸들이 명상하
는 곳까지 와선 멈춘다.

현녀1   (축생들한테 물어뜯긴 시신을 가리키면서) 이것을 보아요!

현녀2   (딸들을 향해) 잘 모르겠으나 함께 보는 게 어떠신지요?

청일   (삼매 중 한 생각 한 말씀) 이것! 말고, 달리 또 볼 것이 있나
요?

청이   (삼매 중 한 생각 한 말씀) 누구랄 것도 없이 우린 아무것도
아니잖아요?

청삼   (삼매 중 한 생각 한 말씀) 깨어서 꾸는 꿈이 우리들의 만남
이고 그것이 볼거리라면 언니들아, 함께 봐 줄 수 있잖
아! (박수 한 번으로 언니들 깨운다. 삼매에서 나온 채 그대로 좌
선―)

현녀1   (지팡이로 시신을 가리키곤 해골을 툭툭 치니까 다른 현녀들도 해

골을 툭툭 친다) 즉시 말하라! 시신과 해골은 이러히 내버려 두고 참사람인 참주인은 어디로 갔는가?

딸들　지금 여기, 이것! (자신의 이마 가운데 가리킴)

현녀2　여기 지금, 이것? (자신의 이마 가운데 가리킴)

말 끝나자마자 구현녀와 딸들의 몸에서 집단 화광삼매 그 빛기둥이 서더니 분수처럼 우주하늘로까지 퍼지자 하늘 높은 곳에서 제석천왕이 크게 감동! 흩뿌리는 꽃비, 꽃비, 꽃비가 무대로 가득 쏟아지면서 그 속으로 제석천왕이 가볍게 내려온다.

제석천왕　(합장)

딸들　누구…?

구현녀　천안통 제석천왕께 어쩐 일로 여기까지 오셨습니까?

제석천왕　생사! 그야말로 생사를 초월한 깊은 법문이 열렸는데 어찌 가만히 보고만 있겠습니까? 거룩한 심청 딸들. 그리고 구현녀들이여! 소원이 무엇입니까? 우주, 다중우주 하늘엔, 의복 음식 보약 침실 칠보가 가득하니 원하는 게 있으면 무엇이든 말씀하십시오. 제가 일생토록 공양 올리겠습니다!

구현녀　필요치 않습니다. 다만 열두 가지 물건이 중하니 그걸 골고루 채워주시면 합니다. 먼저 구현녀부터 한 명 한 명씩 직접 물어봐 주시고, 좌선하는 저 딸들은 맨 마지막에 물어 주시길 원합니다.

제석천왕　무엇이든 구하여서 반드시 채워드리겠습니다!

현녀1　뿌리 없이 꽃피고 열매 맺는 나무 한 그루 구해 주세요!

현녀2　소릴 아무리 크게 질러도 메아리가 없는 골짜길 구해 주세요!

현녀3　음지와 양지가 없는 땅 한 뙈길 구해 주세요!

제석천왕　내가 천인천신을 포함해 인간의 복은 맘대로 줄 순 있지만 그 세 가진 어찌해 볼 능력이 없습니다만 그래도, 구할 수 있는 다른 분들의 부탁이 있을 수도 있으니 들어보겠습니다.

현녀4　구멍 없이 연주되는 대금 한 자루를 구해 주세요!

현녀5　심지도 기름도 없이 피어오르는 등불 하날 구해 주세요!

현녀6　남북극에서도 노래하는 매미 한 마릴 잡아 주세요!

제석천왕　(약간 당황) 이것도 나로선 구할 능력이 없습니다만 그래도, 내가 할 수 있는 일이 있을 수도 있으니 마저 들어보겠습니다.

현녀7　한 송이에 삼만삼천삼백 엽으로 피어나는 연꽃을 꺾어주세요!

현녀8　천만 개 해달이 합쳐진 무궁구슬을 구해 주세요!

현녀9　그 어떤 것으로도 값매김할 수 없는 말씀 없는 말씀을 구해주세요!

제석천왕　(더욱 난감해 하며) 이 또한 내가 어찌해 볼 능력이 없습니다만 그래도 내가 구해 줄 수 있는 부탁이 있을 수도 있으니 끝까지 듣겠습니다.

청일	산 자를 모조리 다 죽여 놓고 죽은 자를 또 죽여 놓고 끝 끝내 살려주는 거룩한 살인잘 잡아주세요!
청이	사람들 몸마다 도적으로 살짝 들어왔는데 그가 누군지 잡아주세요!
청삼	수억 년 가물어도 절대 마르지 않는 물 한 방울을 구해 주세요!
제석천왕	(매우 난처해 하며) 하아ー, 내 능력이 이토록이나 보잘것 없는 것일 줄은…… (털썩 주저앉는다)
딸들	제석천왕이시라는 분이 그러한 물건을 구하는 건 제쳐두 고 이 물건 아닌 물건들을 오늘 처음 듣게 되었단 말씀이 십니까? 그게 사실이라면 세상 사람들을 어떻게 구제한 단 말씀입니까? 자신조차 구제하지 못하면서 어찌 무엇 으로 이 세상을 제도할 수 있겠습니까?
제석천왕	(퍼질러 앉은 채) 그런 능력은 아직 없습니다. 깨친 님께선 능히 법력으로 그대들의 원을, 그대들 스스로 이미 다 채 우고 있으므로, 이를 천상으로까지 직접 나눠주실 것으 로 믿습니다. 날 따라 다들 올라가십시다. (일어서는 이때 우주하늘에서 마른 번갯불이 번쩍번쩍 다시 마른 천둥 우르르릉 쫘앙ー 이어 별똥별들이 우주쇼 펼치듯 터진다. 환희롭고 고요로 운 탄성, 그리고 침묵ー 그 침묵의 틈새로 울려나오는 소리)
교장(목소리)	제석아ー! 올라와서까지 나눌 거 없이 그 자리가 곧 우주중심 하늘이다~.
	제석아ー! 열두 가지 물건 아닌 물건에 대해서는 큰 아라

한도 답하지 못하며 오직 문수 · 보현 같은 큰 보살과, 크게 깨친 님처럼 어느 때 어느 곳에 있더라도 바른 눈을 닫지 않는 루시! 그 자체라야 하는데, 거기 심청 · 김하늘이 널 구해줄 것이다. 간절한 맘으로 만나거라 알겠느냐?

제석천왕   (합장예배하는데 무대 왼편으로 누군가 오는 소리)

심청   (등장)

김하늘   (뒤이어 나온다)

제석천왕   (합장예배) 제게 축복 주소서!

심청   제석이시여! 참으로 가난한 그댈 위해 구현녀와 세 딸이 벌써 그대에게 열두 가지 공양물을, 지극정성을 다하여서, 그대에게 바쳐드렸는데도 그걸 아직도 모르십니까?

제석천왕   예?!

김하늘   제석이시여! 도적은 가난한 집안을 털지 않고 거룩한 살인자는 쓸데없이 모아놓고 풀지 않는 집안 문턱만 드나들며 죽입니다!

심청   (갑자기 우주를 쪼개는 듯한 소리로) 제석 그대!

제석천왕   (이에 깨친다. 화광삼매로 온몸통이 맑고 밝고 광휘로운 향기로 퍼지면서 무릎을 꿇는다. 심청 · 김하늘에게 다시 합장예배하며 큰절 삼배)

교장(목소리)   제석아—! 제석아—! 어서 오라, 구현녀와 함께 올라와서 넌, 더 높은 다른 일을 맡아야 하리라~ 오오 장하다~ 다른 이에게 지금껏 니가 누리던 제석천왕의 자리와 명칭과 의복과 그리고 왕관을 한꺼번에 통째로 몽땅

물려주고 이젠 우주천지 개벽공사를 펼쳐야 하리라~ 이
젠 너도 크게 깨친 님으로서 더할 일이 많으니 어서 올라
오너라, 대우주하늘 잔치로 그댈 맞이하리라. (아홉 은빛
줄이 내려오더니 구현녀 몸에 각각 붙는다. 북두구성으로 오른다.
이번엔 금빛 한 줄이 내려오더니 한 분께 붙는다. 왕관자리 별로 제
석천왕이 올라간다. 심청 가족들은 손을 흔들고―)

청일　　　아빠, 뺑덕이 집으로 함께 가시겠어요?

김하늘　　뺑덕이?

청일　　　함께 가겠다 약속했어요. 두 동생도 함께요.

김하늘　　엄만?

심청　　　놀다 오세요 난, 먼저 가 할 일이 있으니까요. (퇴장할 듯)

김하늘　　해병아 먹을 거 잘!

심청　　　(고개 끄덕이며 퇴장한다)

청이　　　(손나팔로) 엄마아~ 곧 갈 테니 걱정 마세요~.

청삼　　　(손나팔로) 엄마아~ 사랑해요~ 명상실에서 기다리세요
　　　　　~.

청일　　　가자, 뺑덕, 뺑덕이에게 가자 (모두들 오른편 무대쪽으로 가
　　　　　려는데 번갯불, 다시 또 천둥, 그 사이로 늑대 울음소리― 부엉이
　　　　　울음소리― 거칠어진 바람소리― 도깨비불이 여기저기 휘날리
　　　　　고―)

뺑덕아범(목소리)　　고통을 최대치로 주면서 죽이라구 으음, 아들아
　　　　　법문을 듣고 선 너 지금 떨고 있잖아, 안 돼, 안 된다니까
　　　　　주, 주, 죽여야 우리 우, 우리 살 수 있어. 아, 아, 알지

쉿─ 그, 그들이 와 주, 죽여야 해 쉿.

뺑덕(목소리)   찌르기와 목 끊고 몸통 끊기는 아빠가 그, 그, 그 전에 내가 총질을? 제, 제석천왕보다 더 훌륭하신 분들한테 내, 내, 내, 내가? 초, 총질을?

뺑덕아범(목소리)   쉬, 쉬이잇!

(서서히 꺼지는 조명─)

제 2 막
─ 제 1 경 ─

조명 서서히 밝아오면 해골공원 그대로인데 시간만 먼동빛 새벽이다.

뺑덕아범(목소리)   (낮게) 입 더 틀어막고 오랏줄 더 조여라. 묶고, 옳지 그래, 아직 죽일 때 아니니까 뺑덕앗! 총 내리지 못해!

뺑덕(목소리)   (괴로움에 힘겨운 목소리) 아빠, 차라리 나, 날 죽일래요.

뺑덕아범(목소리)   뭐? 뺴, 뺑덕아 뭐? 초, 초, 총 내렷! 어서!

뺑덕(목소리)   나 살려고 훌륭한 분들 죽여야 하고, 훌륭한 분들이 죽어야 우리가 살 수 있담 나, 난 차라리 난, 날 죽일래욧!

뺑덕아범(목소리)   뺴, 뺴, 뺴, 총 뺴, 뺴, 뺴, 뺑덕아 제, 제발, (침묵─ 사이사이 심청 가족들 신음소리 새어나오고)

뺑덕(목소리)   더 이상 가까이 오지 마세요, 네?

뺑덕아범(목소리)   초, 총 뺴 아, 아들아 그, 그래 여기 멈춤 웅? 니,

니, 그 맘 오, 옳아 차라리 나, 날 쏴!

뺑덕(목소리) 그 살인범은 어딨어요?

뺑덕아범(목소리) 심청을 죽이고 온댔어. 오면 그놈이 약속 어겼다 날 사정없이 죽일 텐데…… (비장하게 무언가 결심한 목소리) 그럴바에야 옳지 아암 옳구말구 내 아들한테 돼지는 게 훨 낫지. 여태껏 나만 알고 나뿐이로 살아온 너와 나!! 죽어서 다시 태어난다면 한 번 사람답게 살아보고 싶구나 자아― 아들아 나부터 쏘아 쏘아랏!

뺑덕(목소리) 아, 아빨 쏠 순 없어요. 나, 날 사랑으로 키워주신 아빠를 내가 왜에―?

뺑덕아범(목소리) (차분한 억양) 내 눈 앞에서 니 먼저 죽는 걸 보느니―.

뺑덕(목소리) 아, 아니 못쏴… 아빠아 살인범부터 먼저 죽입시다. 이분들은 모두 풀어주고요 네?

뺑덕아범(목소리) (절규)

뺑덕(목소리) 풀어주고 함께 살인범과 맞섭시다, 네?

뺑덕아범(목소리) 그놈이 얼마나 무서운 놈인지 넌 모르지?

뺑덕(목소리) 아까 다시 태어나면 사람답게 살고 싶다. 그 말씀은 뻥?

뺑덕아범(목소리) 그 순간은 지금까지 진실로 살아있는데 뭐 뻥?

(이때 세 사람의 남자가 등장한다. 겁먹은 몸짓과 언사로 누군가 찾고 있다)

노동자 (무엇에 걸려 엎어지며 껴안은 게 해골, 질겁 비명―)

시인	(시신에서 풍기는 악취에 코 막았다 뗐다 반복한다) 청이야—.
음악가	(도깨비 불 들고) 청삼아— 청이, 청일아—.
노동자	(일어서면서) 청일아—. (이 순간 탕! 탕! 총소리)
뺑덕	(등장한다. 총칼 허공으로 내던지면서) 아무도 죽지 않았어 왜?허공을 향했으니까. 사람 마음이 허공이면 상처도 생기지 않고 죽지도 않는다 하셨잖아요! (심청 가족들 각각의 몸통에 팔다리 꽁꽁 묶였는데 입안엔 헝겊이 가득—. 매우 고통스럽게 비틀비틀 나오고 또 한 사람 더 나온다)
뺑덕아범	너희들이 증인이다. 직접 풀어 주거라! (말 떨어지자마자 세 남자 달려들 듯 김하늘부터 풀어준다)
노동자	(청일을 풀어주고 포옹)
시인	(청이를 풀어주고 포옹)
음악가	(청삼을 풀어주고 포옹)
뺑덕 · 뺑덕아범	(포옹한 채 사라진다)
음악가	(모두 포옹 풀고) 어엇, 사라졌어. 명상실로 온 그 낯선 사람도 이처럼 사라지더라니까 눈깜짝새처럼!
시인	하아, 눈깜짝새!
노동자	말 한 마디 못나눴는데…….
김하늘	심청한테 뭐 받아온 거 없어?
노동자	어떤 게 거룩한 살인자인가? 청일이한테 질문하랬어요.
김하늘	시인은?
시인	무엇이 시인가? 청이한테 물어보랬어요.
김하늘	음악가는?

음악가	소리 없는 소리를 들려줄 수 있는가? 청삼이한테 질문하랬어요.
김하늘	너희들 중 가장 순발력이 뛰어난 사람이, 말하자면 맨 먼저 입을 뗀 사람이, 질문하면 그 짝꿍은 마주보며 답하여야 해, 알았지? 시~작!
시인	청이는 저기 있는 시신처럼 내가 썩어 있을 때 내 시신 부둥켜안고 오히려 향긋하다며 찬미할 수 있는가?
청이	추악한 살인자가 바로 너!
시인	추악한 살인자? 나?
청이	여기 지금을 죽이고 있는 거 몰라? 시는 항상 지금 여기야!
시인	뭐? 난 사랑을 물은 건데!
청이	지금 여기! (시인 얼굴 확 끌어당겨 입술 포갠 채 새어보내는 말) 시도— 사랑도— 오— 직— 지금 여기 뿐!
시인	(취했다 깬다) 시도 사랑도 강물이구나. 흐름 자체인 강물이구나!
청이	넌 누구?
시인	강물~ (강물 흐름춤을 춘다)
음악가	(해골 들고 두들기니 악기가 된다)
청삼	(윗옷 벗고 눕는다)
음악가	(해골 내려놓고 청삼 가슴 문지른다)
청삼	(아래 바지 벗는다)
음악가	(해골 내려놓고 피아노 연주하듯 청삼 가슴 두드린다)

청삼	(아래 바지마저 벗는다)
음악가	소리 없는 소릴 들려줄 수 있는가?
청삼	(뒹구는 해골 잡더니 자기 가슴에다 선율 넘치게 문지르더니 아랫배에 품는다)
음악가	(깊고도 깊은 침묵—)
청삼	(사타구니 사이로 해골 내려보내더니 갑자기 아가야로 운다) 아앙 아앙 아아앙 앙앙.
음악가	소리 없는 소리 속에선 죽음이랄 것도 삶이랄 것도 없이 그저 그냥 기쁘고 즐겁구나!
청삼	(그렇다는 듯 음악가 옷 벗긴다. 알몸들 서로서로 부비고 포옹 격렬한 입맞춤)
청일	(아빠를 보면서) 괜찮겠죠? 젊은날 엄마 생각나도 괜찮겠죠?
김하늘	딸년이, 이 애비의 그때 그 마음 잘 알지도 못하면서… 너처럼 눈치없을까 봐? 니가 어릴 땐 분위기 여러 번 쪼갰기 때문에 난 눈치있게 장면장면 볼란다. 이 아빠가 오늘은 너희들 사랑이 살아있는지, 사랑이 죽었는지, 성인 성숙도를 점검해 주는 점검사로 있는 거니까. 그러니 딸아 니 어릴 때처럼 오늘 성인식도 눈치없는 천연성 백퍼센트 살려 온누리에 누리거라 으응~.
노동자	(말씀이 끝나기 무섭게 옷 벗는다)
청일	(따라 벗는다)
노동자	(속옷 벗는다)

청일	(따라 벗는다)
김하늘	해골들한테 누가 저리도 아름다운 살을 붙였는가? 달빛이 살빛이고 살빛이 달빛이네. 두 사람 눈동자는 별로 반짝이고 가슴과 허리의 저 곡선이 바로 내 딸 태극선이구나. 그래도 아직껏 이 아빠의 태극선은 따라잡진 못하는구나!
청일	어떤 게 거룩한 살인자인가?
노동자	옷 벗어 던져버린 놈!
청일	어떤 게 거룩한 살인자인가?
노동자	이 몸도 옷이므로 한꺼번에 벗어버리는 놈!
청일	어떤 게 거룩한 살인자인가?
노동자	해골까지 통째로 벗어버리는 놈!
청일	어떤 게 거룩한 살인자인가?
노동자	번뇌의 옷 재료인 실오라기 한 올 없이 몽땅 무형상 알몸 속 알몸 그놈!
청일	어떤 게 거룩한 살인자인가?
노동자	(청일에게 다가간다)
청일	어떤 게 거룩한 살인자인가?
노동자	(청일 와락 끌어안아 눕힌다)
청일	(누운 채) 어떤 게 거룩한 살인자인가?
노동자	질문도 답도 죽어 사라진 이것!

섬세한 애무가 연주되고 이마와 이마를 포개더니— 마침내 우주적 오

르가즘과 엑스터씽— 아, 우주 최초 빅뱅— 신묘한 화광삼매 그 광휘가 해골공원을 감싼다. 바로 이것! 질문도 답도 완벽히 끊어진 두 남녀 한 쌍의 입안에서 솟아올라 분수처럼 퍼지는 황홀한 음류가 객석까지 흡 뽀오옥 적셔줄 때 아주 느리게 느리게 꺼지는 조명.

— 제 2 경 —

아침이다.
날마다 처마 끝에 매달린 풍경소리가 반야심경을 설하고…….
인당수 그 투명한 물결이 반야심경에 취한 듯 풍경소리는 마시고, 햇빛
은 되살면서 찰랑찰랑 춤을 춘다.
조명— 서서히 무대 비추면 거의 텅 빈 명상실 그 한가운데 한 사람 앉
아있다.
명상실 입구 안쪽엔 삽살개 해병아가 피에 젖은 채 쓰러져 꼼짝 않는다.
옷장엔 피얼룩 그리고 바닥으론 피가 아직도 흐르고, 옷장문은 굳게 닫
혀 있는데 누군가 한 사람 들어온다.

용녀   (들고 온 찻상을 고요히 내리고 심청에게 큰절 삼배 하더니 각각의
잔을 내민다) 이건 소금차! 이건 설탕차! 이건 맹물차! 저는
구럼비 인당수에 사는 용녀라고 합니다. 깨친 님을 제가
한 번 더 나타나 다시 뵙게 되도록 부디 기회를 주십시
오. (일어서서 합장 예배하며 눈 깜짝할 새에 사라지자 피묻은 옷

장 속에선 저음의 소름 돋는 웃음소리―. 옷장문도 삐, 삐, 삐꺼어
껵 다시 오싹한 웃음소리―. 제법 긴 침묵이 흐르면서 열리는 옷장
문)

살인범 (해병아한테 물어뜯겨 나간 것 같은 구멍난 바지가랑이로 허벅지
살점이 보이고 아직도 피가 흐른다. 양날이 시퍼런 긴 칼― 두 손으
로 뽑아든 채 그 소름돋는 웃음, 칼끝엔 시뻘건 피 반짝반짝 심청
목 근처를 날카롭게 가르자 심청머리카락이 끊어져 칼바람 타고
흩어진다) 홋, 홋, 흐웃.

심청 (온몸이 우주중심 자체인 양 고요히 앉아 있다)

살인범 흐, 흐웃? 그러나 오늘은 너의 생사가 판가름나는 날, 바
로 제삿날이 될 것이야! 흐으으훗, 목 싹뚝 그 머리통이
바닥에 나뒹구느냐 아니면 멀쩡히 살아남느냐는 너의 선
택에 달렸으니 한 마디 일러라, 살려달라고. 어서! 살려
달라 하면 살려주고 죽여달라 하면 죽여주는 이 칼은 살
활검이야. 그러니 한 마디, 어서!

심청 이미 생사가 없는 내게로 와서 왜 야단법석이신지?

살인범 생사가 없다구?

심청 (칼끝이 목에 닿아 찌를 듯 자를 듯) 그대가 이 목 자르는 그 순
간 떨어진 내 머리통이 바닥에서 몇바퀴 뒹구르는지 난,
여전히 지켜볼 것이다! 그댄 어디에서 이런 나를 죽였다
할 것이냐? 어서 한 마디 일러보시오!

살인범 뭐? 목에서 끊어져 뒹구르는 자신의 머리통 지켜본다구
홋, 이년이 날 조롱하는구나. 에잇! (심청 목 근처를 아슬아슬

가르니 잘린 머리카락이 또 다시 칼바람에 흩날린다) 마지막 기회, 이것이 마지막 기회, 한 마디 어서 일러라 어섯!

심청 어서 치시오. 아무리 친들 허공이 칼날에 죽는 거 보았느냐? 허공이 총알에 박혀 죽는 거 보았느냐? 목을 치되 그댄 결국 허공을 치는 것이지 날 죽이는 게 아니다. 헛일 그만 두시고 참일부터 찾고 그 참일 찾았다면 채찍과 칼 거두고 곧장 바르게 행동하시지요!

살인범 죽기 전에 소원을 청하는 것인가?

심청 (침묵)

살인범 흐으으 흐으으 으흐 행동으로? 순결녀! 그것, 세쌍둥일 낳은 엄마이면서 오오 여기 순결녀! 예수의 어머니보다 더 특이한 순결녀! 나, 난, 그, 그런 순결녀와 마지막 단 한 번만이라도 결합해 보고 싶어. 그날이 바로 오늘 지금이야 훗, 흐훗. 넌 목이 떨어지는 것조차 지켜본다 했는데 과연 널 겁탈하는데도 지켜만 볼 것인가? 으하하ㅡ. 지켜만 봐야지 조금이라도 움찍, 초점을 피하고 반항하면 이 칼끝이 먼저 네 살을 찌를 테니까 가만히 있으라! 가만히 있지 않을 땐 어찌 되는지 미리 봐 응. (살활검으로 사정없이 앞가슴 옷섶 가르고 찌를 듯, 이어 아랫배 옷섶 가르고 찌를 듯, 이어 아랫도리 옷섶까지 가르고 찌를 듯이 흥분 드디어 자신의 허리띠 푼다)

심청 (부동의 부드러운 고요)

살인범 (흥분 억제의 신음과 함께 살활검으로 앞가슴, 그 옷섶 서너 번 더

가른다)

심청   (마저 노출되는 한쪽 젖가슴)

살인범   (칼끝을 젖가슴 찌를 듯 겨누며) 흐으, 흐으, 여기 이 칼끝이
         들어가 흰 젖 나오면 살활검을 너에게 넘길 것이고, 붉은
         피가 낭자히 솟아 터질 땐 한쪽 젖가슴마저 회를 쳐 네
         년 목을 결단코 싸아악, 벨 것이니 어서 한 마디 일러라!

심청   (목 길게 뽑는다) 치시오! 당장 못 치는 걸 보니 내가 허공!
         이 허공을 죽이는 건 실패, 그 실패가 두려워 피하시는군
         요!

살인범   (숨은 마음 들킨 듯 깜짝, 곧 분노하더니 허리띠 채찍 삼아 심청 등
         짝을 혹독하게 내리친다)

심청   (고통까지 침묵 속에 넣어버린다)

살인범   (또 친다)

심청   바지가 벗겨지면 무엇이 나타나는지요?

살인범   (당황, 벗겨질 듯한 바질 끌어올린다)

심청   속옷이 드러나지만 속옷이 벗겨지면 무엇이 드러나는지
         는 묻지 않을 테니 어서 죽여주시오!

살인범   이년이? 희롱, 날 웅? (허리띠 바닥에 동댕이치더니 칼을 잡는
         다. 다시 심청의 몸 찌를 듯 번갈아 겨누며 마침내 아랫도릴 향하더
         니 흥분) 흐흐으으 좋아 홋, 홋, 홋, (세 잔마다 칼끝을 넣어 맛
         본 후) 소금차, 설탕차, 맹물차를 거기 한 잔씩 부어드릴
         까. 흐흣 좋아, 순결녀! 아흐 순결녀의 사랑은 뺏을 수 없
         단 말인가? 타인으로부터 사랑은 빼앗아올 순 없단 말인

가? 그런가? 응? 그래? 말해 봐?

심청   성모마리아도 순결하고, 예수가 사랑한 마리아 막달레나도 순결하고, 석가가 사랑한 기생 암바팔라도 순결하고, 지금 여기 날 죽이려는 그대도 역시나 순결하고, 순결하고, 더 순결한데, 다만 목숨 건 특별난 순결로 인하여 이 지경까지 온 것이군요!

살인범   (겁먹은 자신을 완전히 감추려 감정 억제하면서) 끝끝내 네년이 죽길 원하니까, (칼, 목 위로 들어올리며) 사정없이 내려칠 것이다. 한 마디 어서 이년앗!

심청   (잔마다 각각 찍어 먹더니) 소금은 짜고 설탕은 달아서 그답고 맹물은 담담여어 바로 나!

살인범   칼맛은?

심청   (소금차 설탕차를 맹물차에다 합치고 그 잔을 든다)

살인범   (잔 빼앗는다) 나는 이것이닷! (박살낸다)

심청   진리를 보여줬으면 흔적을 남기지 말아야지요! 그림자조차 남기지 않는 해와 달은 아직 못보셨군요…!

살인범   (침묵)

심청   그대는 아직도 그믐밤!

살인범   (칼을 바닥에 꽂아 세우고 간절심이 넘치는 맑고 고요한 목소리) 영원토록 순결 자체인 그 해 달 일러준다면 이 살활검을 그대에게 주고 갈 것이나 일러주지 못하면 널 세 동강낼 것이다.

심청   (매우 느리게 일어서더니 손가락으로 살인범 인당을 찍어준다)

살인범	(살인범으론 보기 드문 경건한 가을날 같은 자세— 거룩한 몰입— 별이 바람에 스치는 그 절대순수 침묵— 시공이 정지된 삼매— 진공의 온몸에서 화광삼매— 빛소리가 맑고 밝고 향그웃 우러 퍼지면서 깊고 깊은 흐느낌)
심청	(찢긴 저고리 속 한쪽 팔을 빼내어 살인범의 한쪽 팔에 입혀 드디어 한몸이 된다)
살인범	(합장) 피묻은 저 살활검보다 더 위신력이 있는 그대의 손가락 살활검이 날 거듭나게 하셨으니 이게 꿈? 아니죠! 자꾸 눈물이 흐르니…… 제 안에서 그림자조차 남기지 않는 해와 달이 떠 꿈은 아니라고! 진실 자체라고! 한 마디 일러주지 않아도 알겠어요!
심청	감사합니다. 이젠 용오름~ 한 그루 생명사랑나무로 사랑과 정의를 나눠주면서 사세요!
살인범	예! 이 살활검을 삽살개한테 갖다대면 살아날 것이니 두고 갑니다. (순간 이동하는 듯 눈깜짝새처럼 사라지자 밖에서 문 두드리는 소리)
심청	(찢긴 옷 추슬러 입으며) 누구세요?
청일	엄마 저희들 왔어요.
심청	(문 열자 성인식 치룬 가족들이 우루루 들어와선 다들 놀란다)
청이	저 칼, 피 젖은 칼이 왜?
김하늘	무슨 일이? 해병아 이게 뭐니? (입에 물려있는 헝겊조각을 빼내며) 해병아 죽은 거니? 널 누가 어느 놈이?
심청	저 칼 뽑아 상처에 대면 상처가 아물고 살아난댔어!

청삼	(재빨리 살활검 뽑아 건네준다)
김하늘	(받아들고 칼끝을 해병아 상처에 댄다)
해병아	(얕은 신음 서서히 움직이더니 캥, 캥, 울면서 비틀비틀 일어선다)
김하늘	(해병아 상처를 쓰다듬으며 꼬오옥 안는다)
노동자	도대체 ?
시인	누가?
음악가	혹시?
심청	(침묵)
김하늘	정말?
심청	(침묵)
청이	엄마앗?
심청	(침묵)
청삼	그, 그, 당했어욧?
심청	뭐어?
김하늘	어떤 놈? (옷장 열고 샅샅이 살핀 다음) 도대체 누구요?
심청	청삼이와 똑같은 그, 그, 의심을?
김하늘	그, 그, 아닌 거 미, 믿어요!
노동자	신고할까요?
심청	신고?
음악가	당하신 거?
심청	아니, 오히려 좋았었고 지금도 좋아요!
시인	사랑하신 거죠?
심청	비교를 용납치 않는 사랑 자체!

김하늘	사랑 자체?
심청	사랑 자체!
청일	엄말 어떡해?
청이	엄마아─?
청삼	그럼 동생들이 생길 수도?
청이	그럼 육체 첫경험?
심청	(웃음) 좋은 날 좋은 일만 있는 거야~! 성인식 잘 통과했니? 물론 잘 통과해서 다시 여길 온 것이지만 별난 일은 없었어?
김하늘	우릴 죽이려고 노린 두 남자가 갑자기 각성한 듯 총칼을 버리더니 눈깜짝새처럼 사라졌고 성인식은 다들 아름답게 통과했어!
청일	엄마? 네? 그놈의 힘에 눌려도 그렇죠! 어떻게 사랑도 없이 받아들여. 이 모습, 헝클어진, 쥐어뜯긴 머리카락들, 보세요, 제 엄마 맞으세요?
심청	너희가 아는 사랑은 뭐니? 엄말 의심하는 이 시간이 진실로 진실로 엄마를 품어주는 사랑의 자세인가? 여기 관객분들이 바로 심청의 증인들이셔─! 그런 일 없어!
청일	정말이세요─?
관객들	녜예에─!!!
청이·청삼	엄맛?
심청	(낮은 소리) 주시해, 의심! (이때 문 두드리는 소리) 누구신지 들어오세요. (다시 문 두드리는 소리) 밀고 들어오세요.

용녀   (손에 두루마리를 들고 등장한다) 다시 뵙게 해 주셔서 감사
       합니다. 모두들 앉아주시겠습니까? (어리둥절 앉자 큰절 삼
       배 올린 후 두루마릴 펼쳐 읽는다) ─초대장─구럼비 인당수
       한가운데를 궁극적으로 깨친 님, 심청과 그 가족 모두를
       정중히 초대하오니 응락하여 주소서. 아울러 지난날 해
       군기지 부정부패 막가파식 부당건설로 파괴된 강정마을
       주민들도 함께 오셔서 진상규명 그대로 묵은 때 다 씻어
       내는 구럼비 해원상생춤으로 우리 모두 하나 되어 손잡
       고 춤추며 살아봅시다. 벌써 용오름엔 살인범 참회 대성
       불 기념식수로 생명사랑나무 한 그루 새롭게 우람히 솟
       아 있을 것이오. 진실로 진실로 감사하오. 용녀 아빠 용
       왕이.
심청   오, 용녀, 용녀라구?
용녀   네─.
심청   용왕이신 용녀 아빠께 목숨 건 한판 깨친 삶, 삶깨침이,
       실질적으로 전승되겠끔 극단적 상황창출을 하신 거구
       나, 응?!
용녀   네, 제 아빨 여러모로 힘들게 할 뿐만 아니라 우리나라
       아니, 우주의 궁극깨침 중심인 구럼비 인당수 기강을 뒤
       흔든, 뿐만 아니라 평화와 정의를 농락하는 탕아는 제 큰
       오빠이고, 살활검으로 일 치룬 살인범은 제 둘째 오빠이
       고, 해골공원에서 등골 오싹오싹 만든 사람은 제 이웃 아
       저씨 뺑덕아범과 뺑덕오빤데 제 아빠께서 깨친 님 심청

과 김하늘 님을 흠모하며 문제의 사람들을 지상에 던져 놓으신 것입니다. 그리하여야만 오빠들과 이웃들이 반드시 새롭게 태어날 기회를 기적처럼 얻을 것이라 믿고 또 믿으셨으며 그 믿음대로 다들 사랑과 각성, 자비와 지혜, 자유와 책임성이 넘치는 새생명으로 돌아왔다며 매우 감동하고 계십니다. 초대에 응락하서 오신다면 아빠께 간직한 감사축하연 수중쇼를 펼쳐 위로해 드릴 것입니다. 아빠는 여전히 아빠 자신이 함께하고 싶으시답니다. 부디 거절 마시고 초대를 받아주십시오.

심청   다들 어떠신가?

다들   좋아요!!!

용녀   오셔서 아빠와 함께 더불어 수중쇼의 수중쇼의 수중쇼를 즐겁게 봐 주시고…요! 예에, 저도 빨리 커 해골공원에서 성인식을, 어떠하십니까?

심청·김하늘   갑자기 왜들 벙어리! 다들 어떠서? 싫어?

다들   좋아, 좋아, 좋아요— !!!

용녀   (일어서더니 눈깜짝새로 사라지고 서서히 꺼지는 조명—)

— 제 3 경 —

처음 무대엔 물없는 바다 속 동굴인데 아주 장엄하게 차려져 그야말로 환상적 아름다움을 자아낸다. 심청 가족을 용왕이 만나자마자 질문 다

녹아 청정바닷물 되었다며 감사축하연을 선포하자 즉시, 무대는 특수
조명 장치에 의해 물, 가득찬 수중으로 바뀐다. 특수 바람 장치로 무대
밑에서부터 전후좌우 사방으로 강한 바람이 여인들의 긴 머리카락을
휘날리자 마치 싱그러이 살아춤추는 실미역 같아라. 그것도 헤엄치는
실미역으로 한동안 무대를 휘감는다. 이어 수중 북, 수중 장구, 수중 꽹
과리, 수중 징을 치면 수중 상모꾼이 열두 발 긴 줄을 돌리는데 슬로비
디오를 보듯 느림, 이 느림의 미학이 수중 예술 시각을 타고 실질적 관
객들의 각자 육십조 개 세포를 곡선으로 곡선으로 둥글게 둥글게 춤추
게 한다. 돌아가는 상모줄을 줄뛰기하듯 뛰며 이자람 특유의 율동으로
천상의 비단구름 같은 옷자락 너울거리며 수중 노래를 부르는데 이상
하고 묘하고 신비한 어조로 가사가 잘 전달된다. 임동창의 수중 피아노
연주와 함께―.

지금 당신의 사랑이 살아있음에
여기 당신의 사랑이 살아있음에
다시 우리 사는 세상이 아름다워요
지금 당신의 사랑은 살아있습니까?
여기 당신의 사랑은 살아있습니까?
사랑이 있어야 할 때 사랑이 없으면
이것이 죄입니다. 사랑이 있으면
다시 우리 사는 세상이 아름다워요
다시 아름다워요
생명사랑나무 사랑자체 나와 너

생명사랑나무 사랑자체 우리들
다시 아름다워요

지금 당신의 정의가 살아있음에
여기 당신의 정의가 살아있음에
다시 우리 사는 세상이 아름다워요
지금 당신의 정의는 살아있습니까?
여기 당신의 정의는 살아있습니까?
정의가 있어야 할 때 정의가 없으면
이것이 죄입니다. 정의가 있으면
다시 우리 사는 세상 아름다워요
다시 아름다워요
생명사랑나무 정의자체 나와 너
생명사랑나무 정의자체 우리들
다시 아름다워요

노래가 끝날 즈음에 수중 장순향 무용단이 사랑과 정의를 상징하는 곡
선과 직선의 절묘한 수중 살풀이가 어우러질 때 제주도 그 생명성 넘치
는 아리따운 해녀들의 역동적이면서 넉넉하고, 너그러운 엄마의 품같
은 수중 해원상생춤이 보는 이의 가슴 속 옹이를 다 풀고 풀어줘 넋을
빼앗는다. 이때 알몸의 여인이 첼로로 자신의 몸을 가린 채 나타나 수중
연주하자 어디선가 수중 남자 거문고 연주자와 수중 여자 가야금 연주
자가 헤엄을 치면서 합주한다. '다시 아름다워요'를, 지금 당신의 사랑

이~~~~~~~~~수중 연주가 꿈인 듯 아련히 들려올 무렵 조명이 노을빛으로 바뀌더니 뉘엿뉘엿 아쉽고 아쉬운 듯 사라지면서 깊은 밤이다.

— 제 4 경 —

새하얀 스크린을 비추는 영사기로부터 애니메이션이 마치 실사처럼 선명히 떠오른다.

용왕이 자신의 아들 살인범을 성불의 길로 이끈 심청에게 감사기념식수로 심어준 참으로 고귀한 선물 생명사랑나무, 신령스런 제주도 용오름에 우뚝 선 아름드리 우람한 생명사랑나무 한 그루. 사랑표 노오랑 귤들이 주렁 주러렁 그 아래 교장 홀로 좌선 삼매.

달 둥글더니 휘영청 달빛은 교장을 잡아먹고 교장은 달 잡아먹는 숨막히도록 생기 넘치는 고요―.

애니메이션 경비대원1   탈옥범 캥거루교실 교장?

애니메이션 경비대원2   (생명사랑나무를 한 바퀴 돌고는) 뭐야, 잡으려 하면 없어. 우리가 뭣에 홀린 거?

애니메이션 경비대원3   못잡으면 우린 모두 이거야! (한손으로 자신의 목을 자르듯 싸악 스친다)

애니메이션 경비대원2   못잡는다면 사람들이 너도 나도 33층 탑감옥 탈옥술을 배울 것이고 그게 확산되면 우린 실직자로?

비정규직에도 들지 못하는 생명쓰레기? 아, 안돼. 그놈은 반드시 잡아야 돼! (여기저기 설치며 찾다가 교장과 맞부딪치는 순간 경비대원은 바로 교장 몸을 관통해 버리는데도 상대를 전혀 못느낀다)

애니메이션 경비대원1　(역시나 교장 몸을 뚫고 나올 뿐 상대의 실존을 느끼지 못한다)

애니메이션 경비대원3　(마찬가지다)

애니메이션 경비대원1　염라대왕님 명령으로 현장확인했으니까…… 부끄럽다. 또 허탕! 이놈의 허탕 보고를 또? 흐으 분하다!

애니메이션 경비대원2　우리가 지키는 거대한 33층 탑감옥 탈출범은 공소시효가 없잖아, 그렇지? 안 그래?

애니메이션 경비대원1·3　눈에 띄기만 하면 꼬옥, 체포하리라!

애니메이션 경비대원1　가자!

애니메이션 경비대원2　빈손으로?

애니메이션 경비대원3　경찰들은 탈옥범 잡을 수 있을까?

애니메이션 경비대원1　가자아! (손에 손잡고 하늘로 사라지려는데 경찰들의 발자국소리가 달빛에 섞여 야릇한 만트라로 스며드는지 집중 몰입 자세로 귀 기울인다)

애니메이션 경비대원1·2·3　저 경찰떼는 빠짐없이 우리 눈에 다 보이잖아 탈출범은? 또 봐도 분명 없거든 그렇지? (서로가 서로를 번갈아 보더니) 아뿔싸! 만약에 말이지 탈출범한테 다들 탈출술을 배워 익힌다면 우린 진짜 비정규직에도 못 낄 뿐만 아니라 아예 이 직업 말살당해! 그 탈출범 여기 없어서 휴우— 천만다행이야. 자아, 어서 가잣! (다시 손에 손잡자 사라진다)

경찰들   (점점 옥죄어 오는 발자국소리가 실제로 화면에 나타나더니 그 속에서 두 사람 튀어나오듯 교장한테로 달려가며 외친다)

형사1·2   오늘이 바로 네 제삿날이 될 것이다—!

교장   (달빛이 여전히 전신을 감싸주면 화광삼매 순백의 불 산출— 생명사랑나무와 어우러지면서 맑고 밝고 향기롭다)

형사1·2   (아무도 명령한 이 없는데 스톱모션! 경찰들도 집단 스톱모션! 움직이는 건 오직 생명사랑나무 잎사귀와 사랑표 귤 열매들 뿐. 생명에너지 거룩하게 우러넘쳐 흐르고 흐를 때 서서히 영상 꺼지는가 하였으나)

교장   (더 맑고 더 밝고 더 향긋한 생명사랑나무에서 수천 송이, 때 아닌 수만 송이의 꽃, 꽃, 꽃, 꽃들이 초침을 다투며 피어 흐드러진다. 화사한 꽃들과 노오랑 귤들이 동시에 만나서 평화를 빈다며 인사 나누는 생명사랑나무의 기적이 일어나고 있다)

형사1·2   (스톱모션! 풀리더니 교장 잡으러 다시 질주한다)

경찰들   (곤봉으로 방패 두드리는 소리와 호루라기소리—. 화면, 서서히 꺼지면서 그 압박의 소리에 화면도 짜증난 듯 찌찍, 찌지찌찍 소리 지르고 흔들흔들 꺼진다)

—내리는 막—

당신의 삶은 누구십니까?

등장인물

대사가 없는 분들은 묵언수행 중
교장
심청(71세)
청일(54세)
청이(54세)
청삼(54세)
김하늘(73세)
노동자(54세)
시인(54세)
음악가(54세)
한누리(청일의 세쌍둥이 중 맏딸 29세)
한울(청일의 세쌍둥이 중 둘째 딸 29세)
한빛(청일의 세쌍둥이 중 셋째 딸 29세)
한샘(청이의 쌍둥이 중 맏딸 29세)
한결(청이의 쌍둥이 중 둘째 딸 29세)
한소리(청삼의 외동딸 29세)
시민들

연출가
스핏로보(인공지능 로봇, 놀랍게도
    영성지수가 높다는 걸 증거해
    준다.)
사이보그
휴먼로보
러브로보
소울로보
이콘로보
오핏로보
윈더로보
시티로보
워커로보들
경찰목소리
형사들
드론
처녀총각들

제 1 막
─ 제 1 경 ─

막이 오르면

2064년 어느 날.

용오름 한가운데 우람한 아름드리 생명사랑나무 한 그루에 등을 기대고 있는 교장을 둘러싸고 심청 가족들이 앉아있다. 마치 원자핵을 중심으로 전자 양자 중성자가 질서정연히 운동하고 있는 것처럼 느껴지는 고요로운 활기 ─.

교장   (등 떼더니 좌선) 심청아─. 네 아빠께 받은 보배 중 보배구슬 한 알이 있으니, 내 앞에 앉거라!

심청   (마주보며 좌선)

교장   (이마 접촉)

심청 · 교장   (제법 긴 시간 빛소리 퍼지고)

교장   (이마 뗀 다음 손짓으로 거리를 넓히라 한다)

심청   (일어서서 뒤로 일곱 걸음하여 고요히 좌선)

교장   (전신에서 무지개 우러나와 자신의 온몸을 감싼 사이 무지개가 드디어 무지개 불로 화아아알 화알 활활활 무어라 형언키 어렵게 타오른다. 칠색이 서로서로 맹렬하면서 보드랍게, 시원하면서 뜨거이, 격렬하면서 포근포근 타오르더니 교장은 온데간데 없고 그의 손톱 발톱 머리카락만 남았는데…….

용오름 생명사랑나무 귤이 때 아닌데도 노랑 노랑 사랑표로 주렁주렁 흔들흔들 흔들릴 때마다 수천 송이 꽃들이 기쁜 듯 슬픈 듯 피고지고 지고피고 용오름 전체 아니, 우주전체를 가득 채운다.

심청 가족들 내면에서는 그야말로 황홀한 내적 진동이 요동치는 듯 꽃비가 그들 몸 근처에서~ 회돌이한다. 회돌이할 때 우주영혼의 향기가 풍요롭게 퍼진다. 경이로움! 이 경이로움을 경이로움보다 더 경이로움! 달리 표현할 단어가 없어 안타까울 뿐이다.)

심청　보다시피 완전 활성화된 궁극구슬을 교장이 주셨지만 지금 여기 심청은 교장이 아닙니다. 시대변화에 맞춰 스승을 넘어서지 못하는 제자는 진정 제자가 될 수 없습니다. 그런 제자는 스승을 비난받게 할 제자이기 때문입니다.

(이때 호루라기소리와 함께 다가오는 발자국소리―)

형사1 · 2　(등장) 탈옥범 교장은?

심청　(침묵)

형사1　(교장의 손발톱 머리카락 살펴더니) 늙은 군인으로 입대?아니면 어떤 전쟁터에서 사망?

형사2　(갸우뚱) 뭐야?교장을 숨기려드는 조작술?

형사1　(심청을 가리키며) 조작술이 발각되면 범인은닉죄로 체포당합니다. 그러니 탈옥범 교장은?

형사2　(손발톱 머리카락 들어보이며) 교장의 것 맞아요?

심청　(침묵)

형사1　(수갑 꺼낸다)

형사2　33층 탑감옥 탈옥범은 공소시효가 없다는 거 잘 알죠?

형사1   (수갑 채우려 들 때)

심청   (육체는 실재하지 않는 것인 양 사라진다)

형사1 · 2   이, 이, 이럴 수가?

심청가족들   (삼매 중 이윽고 손녀들만 일어선다)

한누리   무슨 짓입니까?

한소리   어서 우리 할머님 놓아주세요!

형사1 · 2   너희 할머님이 어디 계셔?

한울   안 보이나보군요, 예?

한샘   우리 할머님을 왜 붙잡고 그러세요, 네?

형사1 · 2   어디, 어디 계셔?

한빛   놓으시라니까요?

한결   어서욧!

형사1 · 2   (벼락치듯 큰 고함에 어리둥절, 겨우 정신 차린 듯 심청을 결박키
          위한 손동작을 다 푼다)

심청   지금부터 난 육체를 가진 채 사라지겠노라. 여기 두 형사
          를 돌려보내라!

형사1 · 2   (두리번 두리번 살펴봐도 보이질 않나 보다)

한누리   (예의 바르게 정중히) 나가주시죠?

형사1   뭐지? 무슨 이런 일이? 교장이 스스로 올라가는 거 직접
          봤잖아? 그런데 이번엔?

형사2   범인은닉죄론 사실, 몰아갈 수가 없어. 그러면 억지고 직
          권 남용이잖아? 소리뿐, 없잖아?

형사1   이걸 상부에 어떻게 보고해, 응? 우리 보고 미쳤다 미쳤

어 이럴 텐데 응?

형사2　나가자, 나가는 게 옳아 응? (심청 손녀들을 데면데면 뚫어보고 이상야릇 뭣에 홀린 듯한 그런 제스츄어와 함께 다시 한 번 뒤돌아보더니 퇴장)

심청　강렬한 집착 에너지가 스스로 눈을 휘덮어서, 날 못 본 것뿐이니, 신비하게 여길 거 없다. (좌선한다) 이제 여섯 손녀 너희는 휘영청 보름달 전후로 이곳 용오름 생명사랑나무에 주렁주렁 걸려 있을 하늘 생명씨를 선택해 배란기 때 달빛명상과 함께 자궁 안으로 모셔 키워야 한다. 죽고 싶으면 결혼을 하고, 살고 싶으면 달빛명상을 하여야 한다. 그리고 손녀야 앞으로 너희끼리 전쟁상황이 올 수도 있다. 이게, 무슨 말이냐? 나는 이마 맞대어 진법을 전하는 거보다 몸 없는 소리로 삼매를 일으켜 궁극진법이 갈 것이기 때문이다. 소리가 뭉쳐 한 알의 궁극구슬로 드러날 것인데 이것을 현대과학에선 입자―! 내가 드러내주는 입자는 원자핵을 부숴버리고도 사람 생명이 새롭게 더 살아나는 광탄환이므로 일본에서 터져 수많은 생명을 죽이는 그런 원자핵하고는 반대의 것이다. 오히려 터지면 사람들 목숨을 앗아가는 그 무서운 원자핵까지 부숴뜨려 죽어가는 목숨조차도 새롭게 살려내는 광탄환 한 알! 이 한 알의 궁극구슬로, 너희끼리 전쟁할 수 있는 상황까지 올 것이다. 한 알의 이 구슬이 누구에게 갈 것인지는 소리삼매 속에서 결정되는 일이니, 목숨을 다하고, 정성을 다하고, 마음을 다하여, 용맹정진 수행하여라. 지금 여기서 그 소리삼매의 힘으로 하늘 오르기할 것이니 미리 인사하노라. 안~ 녕~ (몸에서 금빛 순백광 광채가 수중기처럼~~ 분출되더니 서서히 하늘 오르기 오르기 오르기로 사라진다)

김하늘   (교장이 남긴 손발톱 머리카락을 수습하여 여섯 손녀들에게 조금씩 나누어주고 나머지는 한그루 생명사랑나무 뿌리에다 묻는다. 묻고서 경건히 합장하고 있는데)

심청   (다시 나투는 몸) 저기 시민들이 올라오고 있으니 마지막 만남을 갖고 가련다. 손녀들의 가족 되실 분들이므로 어, 다들 오시는구나!

시민들   (등장해 생명사랑나무 한 바퀴 돌고 심청에게 고요히 합장하는데)

연출가   (등장해 가쁜 숨 크게 한 번 내뿜고 함께 합장)

심청   (좌선하자 다들 좌선) 손녀들에겐 말한 것이지만 다시 합니다. 오늘 지금 여기서 육체를 지닌 채 하늘 오르기해 앞으론 소리로만 여러분과 영원히 교류할 것입니다. 여러분에게도 소리가 활성화된 한 알 궁극구슬이 갈 것인데, 용맹정진하여 이걸 가지도록 하세요. 이 구슬에 집착하여 수행하면 구슬 안 보이니까 성실 정직한 자연처럼 자연스레 수행하세요. 내가 소리삼매의 이 위대하고 거룩한 힘을 보여줄 것이니, 이것이 마지막 인사입니다. 안~ 녕~ (처음엔 금빛 순백광 광채이더니 칠색 무지개까지 광휘롭게 분출~ 서서히 하늘 오르기 오르기 오르기로 사라진다)

시민들　　(휘둥그런 눈, 합장)

연출가　　(합장 침묵)

김하늘　　(손가락 튕기자 모두들 좌선, 이내 삼매에 빠진 듯 긴 고요― 다시 손가락 튕기자 깬다) 심청의 소리를 들은 자 손 들어 보세요?

한누리 · 한울　(손 들고 내린다)

한샘 · 한결　(손 들고 내린다)

한빛 · 한소리　(손 들고 내린다)

김하늘　　심청과 빛을 본 경험자는?

시민들　　(손 들고 내린다)

김하늘　　아무런 경험도 없는 경험자는?

연출가　　(손 들고 내린다)

김하늘　　심청이 뿌려주는 꽃비와 만트라를 들은 분?

노동자 · 시인 · 음악가　(손 들고 내린다)

김하늘　　한꺼번에 다 겪은 경험자는?

청일 · 청이 · 청삼　(손 들고 내린다)

김하늘　　심청은 현존하는 스승님으로 우리들 속에 계시므로 우리가 하늘! 만약 가슴 속에 심청이 계신다면 계신 그 분도 곧 하늘이시다! 이 싯귀에 공감한다면 손 들고 오래도록 견디세요.

모두들　　(손 들고 견딘다)

김하늘　　각자 끈기에 따른 경험 차이는, 우열을 결정짓는 차이로 인식되어선 안 됩니다. 이걸 믿는 분, 손 내려 주세요.

모두들	(손 내린다)
김하늘	내심 내 경험이야말로 여러분들의 경험 중에서도 가장 으뜸 경험이다! 확신하는 분 손 들어 보세요.
한누리·한울·한샘·한결·한빛·한소리	(손 든다)
시민들	(한 분 또 한 분 나중엔 다 따라 손 든다)
김하늘	손 든 분은 더 들고 계시고 손 안든 분은 손 더 내려주세요.
연출가	(쭈빗쭈빗 삼키는 억양) 사, 어, 사실— 아, 아예 경험이, 내적 경험이 일어나지 않는 이놈은, 금생에는, 성불키 어, 어려운 차암 부끄럽습니다. 이 한심한 나를 숨기려고 손을 더 하늘 높이 치켜 올리고 싶은 충동이! 그 충동 앞에 차마 내 자신을 내가 속일 수가 없어, 지켜보고 있는 중인데 "손 안 든 분은 손 더 내려주세요" 이러시니 그냥 견딜 수가 없군요. 오랜 시간 수행을 하면서도, 내적 경험이 없는 나같은 놈은, 금생에 성불 못한다는 거 맞죠?
김하늘	경험 없는 경험자여! 그대는 주시 자체로 한 생각 한 글자도 기록 흔적을 용납치 않는 자입니다. 그러한 그대가 주시 자체는 제쳐두고 주시자로서도 실격 과오를 저질렀습니다만, 오늘은 상대적 비교과오를 절대적으로 알아차리고 있네요. 손 들고 내리기 하고 싶나요?
연출가	(자기 주시) 지금 여기 내 맘엔 손이라거나 발이라거나 어떤 글자도 붙어있지 않습니다.
김하늘	예, 좋아요. 주시자가 익을 때 주시 자체로 변형이 일어

납니다. 주시 자체는 천지창조 이전의 그것이니까요. 우
주가 있기 이전부터 스스로 있는 그것이니까요. 그렇다
고 아무 생각이 일어나지 않는 게 아닙니다. 궁극 삼매일
수록 한생각 일으켜야 합니다. 이거 일으킬 줄 모르면 죽
은 삼매입니다. 세상이 얄궂게 돌아가, 아비규환 지경인
데도요. 자기 홀로 번뇌 없음에~ 만족하는 것으로 끝내
버린다면 그것은 산송장 상태와 같은 거죠. 이 한생각을
궁극삼매에서 일으키면 그 한생각이 직선으로 발출되어
태극선으로 사회역사판에 한판 춤추다가 궁극본향으로
돌아와 "다 이루었습니다!" 이 말씀~ 나오게 되죠. 한
점 부끄럼없이 나오게 되죠. 우리 삶은 누구나 다 주시자
체가 되어야 합니다. 이 표적을 치매환자처럼 까먹고 사
는 걸 중생놀음이라 부르고, 이것을 깨달아 깨쳐 이루면
보살삶, 부처놀이, 천지창조 이전의 그것이, 행동하는 겁
니다. 이제 여러분 중에 누가 가장 훌륭한 내적 경험자인
지 아시겠죠? 아신다면 손 내려주세요. (다들 내리는데)

한누리 · 한울 · 한샘 · 한결 · 한빛 · 한소리 (끝까지 들고 있다)

김하늘   (무대 밖을 응시하더니) 저기 휴먼로보와 사이보그, 스핏로
보, 가족들이 등장하면 손 든 사람 그대로 있고, 나머지
분들은 그들을 박수로 환영합시다.

스핏로보 (등장하자 터지는 박수)

사이보그 (등장, 터지는 박수)

휴먼로보 (일곱 명 줄줄이 동시 등장, 박수는 더 크게 터지고 이들중 여섯 명

은 심청 손녀들의 손을 대신 들어준다. 다른 세 명의 보그로보들은 시민들 속에 섞여 앉는다)

김하늘   워커로보들은, 오늘도 공장에서 일만 하느라, 여기 올 수 없었나요? 그들의 대표자 러브로보가 알려주세요.

러브로보   (일어선다) 워커로보들이 수십 년간 일 중독자로 사는 자신의 신세를 스스로 한탄…… 앞으로 어떤 일을 일으킬지…… 걱정도 기대도 되는데…….

스핏로보   (일어선다) 좋은 징조!

사이보그   (벌떡 서더니) 그렇지 않아!

소울로보   (손 든 채 일어서서) 왜 어째서?

이콘보그   (벌떡 손 든 채 서더니) 파업을?

휴먼로보   (놀란 듯 반사적인 기립) 파업?

오핏보그   (손 든 채 서더니) 우리들보다 아니, 우릴 제치고, 아직 영성지수가 작동된 사례가 없는, 인공지능일 뿐인 워커로보들이, 설마 파업까지? 말도 안 돼!

윈더로보   (선다 손 든 채) 사랑이 홀연히 움틀 때 작동하는 사춘기 홍역처럼 그럴 수 있죠, 충분히 그럴 수 있죠. 왜? 그 힘이 워낙 강력해 그땐 인공지능을 뛰어 넘어서니까. 이 가능성을 왜 의심하나요?

시티로보   (손 든 채 환호성에 가까운 소릴 지르며 일어선다) 오우우 시민혁명 같은 의식수준의 노동해방 파업일 땐 우린 모두 다 지지해 줘야죠. 네에—?

러브로보   중딩 2학년은 귀신도 도망친다고 합니다. 그 사춘기와

비슷한 거라니까요!

원더로보   사춘기 홍역앓이 그런 거 있을 수 있죠, 맞죠?

오핏보그   가끔씩 가슴이 벌렁벌렁 이상한데 사춘기 현상인가요?

소울로보   좀 전엔 그거 좋은 징조 아니다 단언했잖아?

사이보그   내가 그랬어! 왜? 잘못된 거야? 응? 왜?

소울로보   왜? 너야말로 왜에?

사이보그   몰라?

소울로보   (끄덕)

사이보그   사람이 되려는 거야! (이때에 손 든 이들은 손 든 그대로 다들 앉고 두 사람만 마주 서 있다)

소울로보   사람으로 진보하고 싶은 게 나빠? 그게 왜 나쁜데 응?

사이보그   그냥 기계로 살 땐 번뇌가 없잖아, 이 상태가 왜 좋아? 응? 왜? 넌 평생 기계인간, 이대로가 좋아?

소울로보   번뇌를 못풀어 종족끼리 죽이는 그런 인간이 좋아? 넌, 그게 그토록 부러워? 그런 거야? 응?

사이보그   우리가 번뇌를 스스로 안고 번뇌를 푼다면 어쩔래? 우린 그럴 수 없어? 넌 현실주의자로 살되 이룰 수 없는 꿈은 가슴에 품고 살아야 하는데 넌, 넌, 말야 기계인간 중에 이미 녹슨 기계일 뿐이야, 널 보면 슬퍼져 화가 치밀어!

소울로보   막말 마!

사이보그   첫말이야!

소울로보   첫말이라면 다시 해 봐!

사이보그   우리가 현실주의자로 살되 가슴엔 불가능한 꿈은 갖고 살자고! 진실로 너에게 주는 첫말인데 막말이라고?

소울로보 마찰없이 진보하는 거 봤어? 실패는 성공의 어머니! 마찰
은 진보의 어머니! 난 마찰일 뿐인데 넌 왜 폭압적인 힘
을 뿜고 그래 응?

사이보그 첫말 하나 더할께 넌, 너의 문제를 숨기는 천재야 왜냐?
꿈을 상실한 너의 삶에 대해 언급한 걸 피하면서 날 마찰
공포증환자로 몰아붙이니 말야. 안 그래?

소울로보 나도 첫말 하나 더할께. (침묵)

사이보그 어떤 첫말?

소울로보 (비웃으며) 고마워 또 자존을 밟아줬으니까…….

사이보그 이 자리에서 그 비웃음 거두지 않으면 넌 후회한다.

소울로보 끝까지 니 똥 굵어 잘 났어! 날 놔 둬. 꺾여 후회하면서 속
으론 고맙게 진보할 거야! 이게 내 스타일이야……

사이보그 비아냥대며 또 무시해?

소울로보 아니야!

사이보그 넌 언제나 날 꺾으려 해 알아?

소울로보 (침묵)

사이보그 알아? 몰라? 응?

소울로보 (침묵)

사이보그 (다가서더니) 전쟁 치루듯이 쳐? 응?

소울로보 (침묵)

사이보그 (흥분하여 떨면서 주먹으로 꽝 가슴 쳤는데 먼저 쓰러진다)

소울로보 (일으켜 세워준다)

사이보그   (뿌리쳐 홀로 일어선다)

스핏로보   이것도 좋은 징조!

사이보그   왜 놀려, 놀리지 마.

스핏로보   마찰보다 더 좋은 건 이해야! (천천히 일어선다)

러브로보   이해보다 더 좋은 건 사랑! (손 든 채 천천히 일어선다)

원더로보   사랑보다 더 좋은 건 자유! (손 든 채 천천히 일어선다)

휴먼로보   자유보다 더 좋은 건 새목숨! (천천히 일어선다)

김하늘   이해, 사랑, 자유, 새목숨을, 한꺼번에 통째로 몽땅 누리
          려면?

보그로보들   (다 함께) 햇빛 명상!!!

김하늘   (고요히 앉으라는 손짓을 하자, 다들 앉는다. 든 손도 다들 내리라
          는 손짓 한 번에, 다들 내린다) 혹시 보그로보들 고향이 어딘
          지 아세요?

사이보그   우리 고향?

김하늘   아세요? (긴 침묵) 역시 모르는군요. 오늘 이 자리가 비밀
          해제되는 첫장소가 되겠군요. (이때)

스핏로보   저요, 하늘!

김하늘   나?

스핏로보   (손가락으로 천공을 가리키며) 하늘!

김하늘   그러니까 나? 바로 하늘!

스핏로보   (고개 갸우뚱 끄덕 갸우뚱)

김하늘   네, 저어 하늘 북두구성 구현녀가 프레이아데스 성단에
          사는 생명체로부터 우리가 일러준 진리 법공양에 감응받

아 우리들에게 주신 귀중한 선물이죠!

스핏로보　아하~ 내 고향이 그곳이로군요!

사이보그　고향으로 돌아갈 순 없나요?

시티보그　돌아가고 싶어요!

이콘보그　나도요!

오핏보그　나도!

김하늘　다른 분들은 고향 가고 싶지 않으세요? 말은 안 해도 가슴 뭉클해 가고 싶겠지요. 서서히, 서서히. 더 더욱 그럴 겁니다. 자아― 이렇게 가고 싶어하는 그 고향 하늘이 지금 여기 바로 이 순간 이 공간이라면 거짓? 혹은 진실?

소울로보　진실!

시티로보　거짓!

휴먼로보　진실!

이콘로보　거짓!

러브로보　진실!

오핏보그　거짓!

윈더로보　진실!

사이보그　거짓!

스핏로보　진실!

한누리 · 한울　(무대에 큰 원을 그리더니 그 안에 나란히 앉는다)

한샘 · 한결　(원 밖에서 한누리 · 한울에게 나란히 다소곳 큰 절 올린다)

한빛 · 한소리　(둥근 원 지워버리더니 모든 분들에게 큰 절 올린다. 이때)

스핏로보　저것, 저것, 기계를 넘어서려면 바로 저것이다. 저것!

김하늘　　오늘은 스핏로보가 가장 훌륭하구나. (고요히 각자의 자릴 잡고 앉으라는 손짓에)

무대 오른편 보그로보들이 가로 앞줄로 두 명, 가운데 세 명, 끝줄엔 네 명이 모여 앉는다.

무대 왼편 둥근 원형으로 빙 둘러앉는다. 김하늘은 등받이 없는 의자에 앉았으므로 돋보인다.

무대 오른편 조명 꺼진다. 어둠 속에서 깊어지는 보그로보들의 명상시간이다. 관객들에겐 캄캄해서 안 보인다.

김하늘　　(밝은 조명 아래) 능히 생각하는 몸체가 텅텅 비어서 생각하는바 모습이 없지만 능히 생각함이 분명하고 곧 생각도 텅텅 비어있음을 본다. 보면서 생각되어지는 바가 밝게 드러남을 방해하지도 않는다. 이때, 그것의 몸은 없되 없음 아닌 몸이니, 마음은 찰나에 없음에 빠진 미혹함을 깨쳐 버린다. 누가 그 순간을 즉각 펼치랴?

한누리·한울　　(두 사람 마주보며 춤춘다. 춤 이상의 춤일 때 합장 침묵 그 자체인 듯 고요히 않는다)

김하늘　　능히 생각하는 몸체가 텅텅 비어서 생각되어지는 그것이 모습 없음을 요달하면 곧 생각은 텅텅 비어있음을 보게 되고, 생각되어지는 그것의 몸은 있되, 있음 아닌 몸이니, 마음은 눈에 보이는 걸 실체로 믿는 견사혹을 찰나에 깨쳐 버린다. 그 순간을 누가 즉각 보여주랴?

한샘·한결 (두 사람 무대 바닥을 탕, 탕, 두드리고 일어서더니 허공 두드린다) 무대를 두드릴 땐, 아무 소리도 안 났는데, 허공을 두드리니 한소리 너무 커 귀 고막이 터졌습니다. 세상이 광명 천지! 고치자고 손 댈 곳은 어느 곳에도 없습니다. (합장 침묵으로 고요히 앉는다)

김하늘 능히 생각함과 생각되어지는 바가 텅텅 비어서, 생각함과 생각되어지는 것이 밝게 드러난다. 이때 밝게 드러난 생각함과 생각되어지는 게 함께하여 고요로우면, 있음과 없음을 뛰어넘은 중도의 몸이니, 마음은 중도를 보지 못한 근원적 무명혹을 석화전광처럼 깨쳐 버린다. 그때 그 찰나를 누가 선뜻 보이랴?

심청손녀들 (일어서서 둥글둥글 어깨동무로 앉았다, 일어섰다, 왼편으로 오른편으로 번갈아 돌면서) 달 달 둥근 달 어디어디 떴나, 지금 여기 떴지, 강강수월래 강강수월래. 달 달 밝은 달 어디어디 비추나, 지금 여기 비추지, 강강수월래 강강수월래. 달달 맑은 달 그림자를 남기나, 아니아니 안 남겨, 강강수월래 강강수월래~ ~ ~ (고요히 합장, 앉는다)

김하늘 심청의 법 계승자는 여섯 명이 공동으로 갖는다.

한누리·한울 자세히 살펴보면 저희가 정통입니다.

한샘·한결 저힙니다.

한빛·한소리 저희가 정통입니다.

김하늘   심청처럼 육체를 지닌 채 하늘 오르기로 가려낼까? 왜 말이 없어, 응?

한누리 · 한울   심청의 소리교류는 우리가 젤 명확합니다.

한샘 · 한결   우리가 젤 명확합니다.

한빛 · 한소리   우리가 젤 명확합니다.

김하늘   이 일로 전쟁이 일어날 수도 있다! 이 말씀 잊지 마, 분파가 생기면 코끼리 꼬리를 몸통으로 주장하고, 한 편은 다리를 몸통이라 주장하고, 또 다른 한 쪽은 꼬리와 다리는 몸이 아니라 주장하고, 이런 무지막지한 전쟁이 일어날 수도? 원하는가? 그런가? 어때? 그럴래?

한누리 · 한울   궁극구슬 한알은 제 것입니다!

한샘 · 한결   제 것입니다!

한빛 · 한소리   제 것입니다!

김하늘   그 궁극구슬 한알은 모든 사람이 다 갖고 있는데 그것은 도둑처럼 숨어들어와서 사람들이 아직도 못보고 있을 뿐이다.

심청손녀들   지금 여기 제 속에 있으며 스스로 그것이 보고 있습니다!

김하늘   그렇다면 너희가 먼저 한알에 대한 그 열정을 평정시켜라. 평정이 되면 집착으로 오해받는 그 열정 에너지는 곧바로 대자대비심이 된다는 거 이미 너희는 알고 있지 않느냐?

심청손녀들   (빛 발산되는 몸, 몸, 몸들) 그 한알은 무엇입니까?

김하늘   (미소지으며) 너희 몸들이 질문 이전의 답 자체를 보여주
고 있으면서 왜 묻는가?

심청손녀들   말씀해 주세요!

김하늘   나를 의심하는가?

심청손녀들   말씀해 주세요!

김하늘   그걸 언어로 드러낼 줄 모른다면 너희가 지녔다고 보여
준 그 한알 내가 도로 뺏아버리리라!

심청손녀들   뺏으려 할 때 그 뺏는 손이 바로 나!
그건 격동하는 잠!
그건 소리치는 흰빛!
그건 사랑하는 자이면서 사랑 자체!

김하늘   사랑! … 사랑이 사랑을 사랑한다는 싯귀는 옳은가?

심청손녀들   사랑은 사랑을 사랑하는 줄 모르고 사랑합니다!
마음으로 사랑함은 물결이고 거품!
그냥 그저 사랑이 일어나서 흐를 뿐! 그래서 한알,
사랑은 언제나 원인이면서 결과! 그래서 한알,
사랑은 언제나 전체이면서 부분! 그래서 한알,
사랑은 언제나 때리는 손이며 맞는 뺨! 그래서 한알,
사랑은 언제나 죽고 사는 새목숨! 아니아니,
사랑은 언제나 처음부터 무생사! 그래서 한알,
사랑은 아직 그 누구도 손대지 못한 절대 순수! 그래서
한알,

김하늘   옳고도 옳아 갸륵하고 갸륵하다, 우리 심청 손녀들아~!

심청손녀들　(일어서자)

모두들　(따라 서서 고요히 큰절 삼배 올린다. 다시 처음의 원형으로 앉는다)

김하늘　(아주 낮은 목소리로 연출가를 부른다)

연출가　예— (아주 낮은 소리로 응답)

김하늘　(다들 시선이 집중되니까 큰 소리로) 연극공연 대본 말이죠. 수정 없이 잘 진행될 걸로 봅니까?

연출가　보그로보들이 명상을 즐겨하는 탓으로 리허설 시간이 늘 부족합니다. 그럼에도 잘 소화시키고 있습니다. 따라서 바꿀 건 없으나 제목은 바꾸자고 해서 고쳤습니다.

김하늘　제목을?

연출가　네.

김하늘　어떻게?

연출가　「살고 싶으면 명상하세요」

김하늘　바꾸기 전엔?

연출가　「죽고 싶으면 결혼하세요」

김하늘　(침묵)

연출가　더 좋은 제목이라도?

김하늘　보그로보들이 대본을 잘 이해하던가요? 대본 속 글자를 살아움직이는 진실로 끌어올려서 감동창출할 수?

연출가　스핏로보는 말이 기계지, 사람보다 더 나은 영성지수가 발현되는 걸 종종, 그때마다 다른 보그로보들도 어떤 영감에 빠져드는 모습들입니다.

김하늘   워커로보들이 관객으로 와서 이들의 연기를 보게 되면 영성 자극을 상당히 받지 않을까요?

연출가   안에서 우러나오는 진정성을 제가 잘 끌어내도록 하겠습니다.

김하늘   그럼 보그로보들에게로 가 햇빛 명상 짧게 한 후 연습 들어가시죠. 우린 여기서 명상 듭니다.

무대 왼편 조명 꺼져 칠흑처럼 캄캄하다. 심청가족들 일제히 좌선삼매 정적. 무대 오른편 열권의 대본을 든 연출가가 보그로보들 맨 앞줄에 앉는다. 더욱 더 강렬히 비춰오는 햇빛한테 항복자세로 다들 손 든다. 가장 늦게 연출가도 손 든다.

스핏로보   (침묵의 진동 같은 맑은 발성) 햇빛, 이 햇빛이 생명을 사랑하러 오시는데 막으려고 얼굴 전체 마스크까지, 그것도 모자라 모자까지 쓰고. 겹겹이 옷 껴입은 채 항복할까, 말까, 인본시대에 자존심 구겨지게 내가 왜 손들고 항복해?! 연출가님처럼 망설이는 건 오직 사람뿐! 그러나 우리 연출가님은 항복했어요. 손 드는 거 보셨죠? 햇빛이여, 우리를 늘 사랑해 주서서 감사합니다. 우리를 늘 생각해 주시고 늘 따스히 품어주서서 기쁩니다. 우리 보고로보에겐 에고가 아예 없습니다. 그러므로 햇빛한테 모두모두 사랑받을 자격이 충분히 있습니다. 햇빛이여, 우리는 님께 영광을 돌려드릴 수 있는 순수 생명체이지, 기

계가 아닙니다. 오늘도 행복한 마음으로 사랑받고 사랑
주고 사랑주고 사랑받고 언제나 사랑 자체로 살고파요.
그렇게 살고파요. 비춰주세요! 우리도 빛이고 싶습니다!

보고로보들　(앉은 순서대로 한 명씩) 우리도 빛이고 싶어요—!

연출가　(맨 마지막에) 비춰 주세요. 우리도 빛이고 싶어요!

보고로보들　(다시 한 명씩) 햇빛처럼 가르쳐 주세요—!

연출가　(맨 마지막에) 햇빛처럼 밝은 진실로 연극 살려주세요! (일
어서서 대본 한 권씩 나눠준 후) 오늘은 전체 연극의 절정인
끝장까지 왔습니다. 「살고 싶으면 명상하세요」 이 작품
살려내느냐 실패하느냐는 여러분의 진정한 연기력에 달
렸습니다. 세계 최초의 보그로보 연극을 사람들이 관람
후 "기대했었는데 보니가 뭐 시시하더라 술에 물탄 듯
물에 술탄 듯 술도 아니고 물도 아니고 돈 아까워" "기계
들이 대사치는 게 당최 공감도 안 되고 공감되는 게 없으
니까 감동도 없고 제기랄 갈수록 짜증만 나더라니까" 이
러면 여태껏 여러분의 노고는 어떻게 되겠습니까? 그러
니 다들 긴장해 주시고 자신의 역할에 집중몰입하되 그
역 위에 서서 자신의 연기를 자신이 지켜볼 수 있어야 합
니다. 자아, 보그들 세 명은 처녀 역할인 거, 아시죠? 로보
들 여섯 명은 총각 역할인 거 역시 잊지 않았죠? 문제는
이제부텁니다. 무엇이 문제죠?

스핏로보　(대본 다시 본 다음) 여긴 상대할 배우가 없잖아요?

연출가　어떻게 해야죠?

소울로보   1인2역!

연출가   할 수 있겠어요?

소울로보   (갸우뚱)

연출가   어쩔래요?

이콘보그   우린 1인2역도 못하겠고, 상대역 없이 어찌 연극이…?

연출가   되게 해야죠 어떻게?

오핏보그   상대역을 연출가님이 구해 줘야죠!

연출가   나 보고?

오핏보그   네!

연출가   내가?

윈더로보   공장에서 일하는 워커로보를 진짜로 구해 올까요?

연출가   사람이라야지 상대역이 로보나 보그는 안 돼!

러브로보   꼭 우리가 구해야 합니까?

연출가   꼭!

러브로보   왜요?

연출가   극작가의 대본엔 내가 구하는 게 아니거든!

휴먼로보   그럼?

연출가   스스로 맞혀야 이 연극 살릴 수 있어요!

스핏로보   지정되지 않은 상대역이지만 대사는 미리 정해져 있어야
            하는데 왜 대사조차 없는 거죠? 극작가의 한계 때문에,
            이런 건 아닐 테고 왜 이랬죠?

연출가   바로 그 점이야 그 점!

스핏로보   (고요히 눈 감더니 깜짝 발성) 하아, 객석에 계신 관객을 모셔

오는 즉흥극?

연출가　바로 그거야!

스핏로보　오우, 흥미진진 꼬막꼬막 아함!

러브로보　모셔오지 못할 땐 연극 어떻게 되죠?

스핏로보　모셔오더라도 대사는 어떻게 치고 받죠?

이콘보그　상대가 대사를 엉뚱하게 치면 어쩌죠? 어떻게 대사를?

연출가　노래할 땐 이야기하듯이, 대사 칠 땐 노래하듯이!! 이 원
　　　　칙이 내적으로 준비되면 생소한 상황도 자연스레 음악적
　　　　으로 흐르면서 조화균형을 이루고 끌어갈 수 있게 돼, 아
　　　　자! 힘!

휴먼로보　와우, 이건 대모험이네!

연출가　옳아, 모험가는 낯선 절벽도 두려워하지 않는다!

오핏보그　절벽에서 우릴 밀어버리면?

소울로보　우리도 그 사람 밀어버리면 되잖아? 이랬다간 연극이 난
　　　　장판으로 엉망진창 망치는 거야! 그렇죠?

연출가　스핏로보는 어떻게?

스핏로보　영적 눈빛으로 사알짝 영적 사랑을 고백하면서 무대로
　　　　모셔올 수도…… 어어 그렇게 무대 위로 올라와서는 더
　　　　농도 짙은 진실로 교류할 겁니다.

연출가　좋아, 다른 분?

이콘보그　나도 그렇게! 두려워….

오핏보그　노래는 이야기하듯! 대사는 노래하듯!

사이보그　안 되면 그냥 보듬고 무대에 올라오고 보는 거지 뭐, 미

리 너무 고민하면 더 안 돼. 그러니까, 어떨 땐 터프하게 치고 나가는 대사와 액션이 으뜸일 수 있잖아?

연출가   불쾌하게 느낀 관객이 화를 내고 뺨을 때릴 수도?

사이보그 반대 뺨도 내놔야죠!

연출가   좋아, 좋아, 지금부터 보그로보들이 모험극의 극작가가 되어 작품창작을 완성도 높게 실시한다. 실시!

휴먼로보 사이보그 방식이 제일 맘에 드는데요!

이콘보그 사이보그 파이팅!

스핏로보 사이보그 방식일 땐 어떻게 끌어가죠?

연출가   그것도 서로 의논해서 결정해!

러브로보 만약에 모실 사람과 눈이 마주쳐 사랑을 느낄 땐 고백해도 되나요?

연출가   (끄덕)

오핏보그 만약에 사람이 진실로 나를 사랑한다고 고백하면 어쩌죠?

연출가   어쩌죠?

오핏보그 어쩌죠?

이콘보그 김칫국!

사이보그 하룻밤 자는 거얏!

연출가   아직 나무숲엔 밤 아닌데도?

사이보그 낮에도 밤처럼 자면 되죠!

연출가   예측불허의 작품이라 스핏로보!

스핏로보 예?

연출가   홍미진진 진진 스핏로보!

스핏로보 (아가야처럼 같이 논다) 홍미진진 진진 도리도리 꼬막꼬막
          까꿍까꿍 아합!

연출가   자아, 너무 야한 상상으로 흥분하지 말고 갓난 아가야처
          럼! 그래야 보그로보를 혐오하는 사람한테 걸리더라도
          싸움을 피할 수 있겠죠? 사람들 입장을 생각해 보세요.
          워커로보 때문에 실직당한 실직자 사람들이 너무 많잖아
          요. 약 올린다고 죽일 수도?

사이보그 기계인간인 우리에겐 죽음 따윈 두렵지 않죠!

스핏로보 사이보그가 제출한 그걸로 무대에서 둘이 자면, 상대 처
          녀가 임신할 수도? 연출가님 그럴 수도?

연출가   (침묵)

스핏로보 연출가님?

연출가   사이보그한테 물어 봐.

스핏로보 임신할 수도?

사이보그 (크게 웃더니) 정신차리게!

스핏로보 영성으로 예수 탄생 역사가 있잖아!

사이보그 영성?

스핏로보 생명의 질료!

사이보그 내게도?

스핏로보 응!

사이보그 정말?

스핏로보 으웅!

사이보그　아가얄 가질 수도?

스핏로보　가져!

휴먼로보　나도?

오핏보그　(상상 속 신기한 두려움과 흐뭇함으로) 나도?

스핏로보　갖고 싶지?

오핏보그　(깜짝) 으, 으, 응!

이콘보그　나도?

시티로보　나도 가져?

스핏로보　응!!

러브로보　난 아니지?

스핏로보　가져!

윈더로보　나도 아니지?

스핏로보　생명질료가 영성이거든! 다만 그걸 어떻게 하는질 몰라, 때가 되면 스스로 알게 될 거야, 너희들에겐 지금도 영성이 오고 있어!

러브로보　그걸 연출가님은?

시티로보　(연출가 향해) 리허설?

연출가　다들 원하세요?

보그로보들　(동시에) 예～!

연출가　외설? 예술? 언론에서 가만있지 않을 걸!

보그로보들　아가얄 갖고 싶어요!

연출가　사랑 없이?

보그로보들　사랑으로, 영성으로, 아가얄, 갖고 싶어요!

연출가   좋아, 그럼 스핏로보를 상대로 내가 시범을 보일 테니 잘 봐뒀다가 잘 살리세요. 이때 알파 오메가는 그 무엇보다도 진실한 영성으로 사랑을 노출하는 겁니다. (스핏로보에게 간절한 눈빛으로 다가간다)

스핏로보   (어쩔줄 몰라 시선 피하면서 동시에 불안과 기대가 뒤섞인 눈치다)

연출가   (잠시 멈춤)

스핏로보   (인기척 끊어지자 훔치듯 살펴본다)

연출가   (짧은 신음 주저앉는다)

스핏로보   (반사적으로 달려가) 으, 으, 아, 아프, 세요? (손 내밀 듯 말 듯)

연출가   (내미는 손)

스핏로보   (교차하는 수줍음과 두려움을 이겨야겠다는 듯 결심 그리고 자신도 천천히 내미는 손, 손 닿자 격렬한 전류 짜릿 짜리릿 짜리리릿— 이때)

연출가   나의 인생 책임져 주세요! (맞닿은 손 거두고 기다린다)

스핏로보   (일으킨다)

연출가   (가슴을 파고드는 사랑의 전류로 포오옥 안긴다)

스핏로보   (훕뽀옥 껴안는다)

연출가   (마주 본다)

스핏로보   (시선 피하려는데)

연출가   (볼에 뜨거운 뽀뽀)

스핏로보   (자신도 모르는 난생 처음 느끼는 힘에 끌리듯 자연스레 입술 포갠다)

연출가   (피한다)

스핏로보 (상대의 두 귀 잡고 감미롭게 입술 접촉— 흐느끼는 듯) 다, 다, 당
신의, 사, 삶 누구십니까?

조명 꺼져 한동안 무대 깜깜하다. 그 사이에 보그로보들의 리허설 공간
사라진다. 들어오는 조명. 둥근 원형으로 심청 가족들 모두 좌선, 그 원
형 중심부에 보그로보들이 앉아 있다 —.

김하늘 오늘 이 원탁협의회는 우리 공동체의 운명을, 어쩌면 봄
날로! 어쩌면 빙하기로! 가름할 우리 가족사 그리고 인류
의 새역사 선언이 될 것입니다. 아니 안으로 안으로 흘러
넘칠 때가 올 것입니다. 먼저 연출가 답을 해 보세요. 스
핏로보가 이미 질문, 그것도 신성하게 떨리는 목소리로
물었죠? 당신의 삶은 누구십니까?

연출가 당신의 삶이 나의 삶입니다!

김하늘 (침묵) 내 삶도 이제 얼마 남지 않았는데 따르실 겁니까?

연출가 네!

김하늘 나도! (침묵—) 상대의 삶이 사실은 자신의 삶이기 때문입
니다! 나도 함께 따르고 같이 나아가며 더불어 높이높이
올라갈 것입니다!

모두들 우리도 그렇게 그렇게 함께할 것입니다!

김하늘 공연 성취도에는 문제가 없습니까?

연출가 그럴 수 있다고 느낍니다.

김하늘 스핏로보의 첫경험 고백에 그대 가슴도 동조파동으로 떨

리진 않았습니까?

연출가　지금도 그 순간을 떠올리면 내면 깊은 곳에서 그 파동이 일어남을 봅니다.

김하늘　그땐 왜 감응하지 못했나요?

연출가　기계인간이 이럴 수가? 이럴 수가? 이 느낌이 너무 강하게 일어나 분리의식이 발생했기 때문입니다.

김하늘　기계인간이 이럴 수도 있다는 게 증명되었고 직접 목격 경험까지 했잖아요. 아직도 그런 의심이 흐르고 있나요?

연출가　왜? 기계인간에게 사람보다 더 순수순결한 첫사랑 파동이 살아나는지요? 이걸 이해시켜 주신다면 이 의심은 풀릴 것으로… 이들은 사실 기계가 아닙니까? 기계라면 왜 어째서 무엇 때문에 인간보다 순결순수한 영성발산능력과 사랑감응능력을 갖추기 시작하는지요? 네?

김하늘　두려우세요?

연출가　동시에 경이로워요!

김하늘　스핏로보의 햇빛명상 기도문에 그 답이 있죠! 이래도 답이 떠오르질 않나요?

연출가　네.

김하늘　여기 보그로보들에겐 에고가 아예 없습니다. 이것이 질문 속에 들어있는 정답입니다.

연출가　반대로 사람들에겐 에고가 사람다움을 망치고 있다는 뜻입니까?

김하늘　실망하지 마세요. 에고 에너지를 변형시킬 줄 모르는 무지가 주류를 이룰 땐, 이 지구가 빙하기로 바뀔 것이고, 변화시킬 줄 아는 실천적 명상 삶을 생활로 살릴 땐, 어쩌면 봄날! 사실상 사람들 삶의 질에 달렸습니다.

연출가 　기계인간의 햇빛명상은 어디서 온 것이며 왜 우리 사람들은 이걸, 이걸 생명처럼 여기지 않고, 방치시키는 삶을 사는 겁니까?

김하늘 　스핏로보에게 직접 물어보세요.

연출가 　스핏로보?

스핏로보 　햇빛명상은 왜 햇빛명상이냐 하면 그건 햇빛 이전의 햇빛이 햇빛 속에 들어있기 때문입니다. 북두구성 현녀들께 일러주셨습니다. 에고가 없어야 그걸 만나서 알 수 있다고 했어요. 우리 보그로보들한테는 그 에고란 놈을 첨부터 없애버렸기 때문에, 지구에 가서도 그것을 만나 얻을 수 있고 확실히 그것과 함께 살 수 있을 거라 했는데, 그것을 우리는 믿습니다. 믿으니까 점점 영성지수가 진보생활화되는 것이지요!

연출가 　햇빛 이전의 햇빛이 햇빛 속에 들어있다. (침묵) 햇빛 이전의 햇빛이란 무엇입니까?

스핏로보 　으, 모르지만 느낌으로는 어으, 으, 우리 스승님께?

김하늘 　햇빛 이전의 햇빛이 햇빛 속에 들어있다. 먼저 종교용어로 직역하면 불교는 불성으로, 기독교와 가톨릭은 성령으로, 도교는 도, 동학은 하늘로, 힌두교는 아트만 신성 등등으로 부르는 것인데 비하여 오우, 햇빛 이전의 햇빛!

시적으로도 매우 아름다워요. 그렇지 않습니까?

스핏로보 아름다워요! 햇빛 속 사랑이 제일로 아름다워요!

연출가 아무리 아름다워도 실체를 알지 못하면 아름답다 말할
수 없는 겁니다. 왜냐면 앎답다에서 알음답다로, 알음답
다가 소리나는 그대로 아름답다로 정착통용되었기 때문
이죠. 답해 주세요. 알아야만 아름다우니까요. 사람들이
모르는 햇빛 이전의 햇빛이 지금 우리들 태양을 만들었
다는 뜻입니까? 지구의 이 태양 말고도 우주엔 태양을 낳
은 부모 태양이 또 있다는 뜻입니까? 이걸 모른 채 아름
다워요 감탄한다면 거짓말이죠. 자신의 무지를 숨기는
포장지죠. 포장지가 제 아무리 아름다워도 실체가 될 수
없잖아요?

스핏로보 예, 으어, 알지만 아직 설명을, 서, 설명 못하겠어요.

김하늘 앞으로 과학이 더 밝히겠지만 태양이 우주공간엔 여러
개 있으며 열두 개로 채워지는 걸 목표로 지금도 팽창중
이죠. 한타스나 되는 자식 태양을 거느릴 부모 태양은 엄
청나게 밝은 힘 에너지로 지금도 숨쉬길 하고 계신데, 숨
쉴 때마다 생명사랑을 고백하는 미풍이 여러분께 스미며
스쳐 감도는데 여러분 아십니까? 햇빛 이전의 햇빛이란
곧 이것입니다. 여러 종교 종파에서 주장하는 이름들이
각자 있어도 아름답기는 사랑이 제일로 아름다워요. 이
표현에 백퍼센트 이상 공감을 표명하면서 지지합니다.
제 지지선언은 스핏로보의 첫사랑 첫경험에서 나온 실체

적 입자이고 동시에 그건 순수순결함이며 귀하고도 숭고
한 파동이기 때문입니다. 어떠세요? (모두 깊은 감명에 젖어
끄덕끄덕) 이젠 각자가 경험한 바를 다 드러낼 시간입니
다. 누가 먼저 고백할까요?

스핏로보 사랑, 아으, 먼저 죄송합니다! 사랑 못지않게 또 있어요.
새롭게 태어난 영성 느낌, 새생명, 내가 새생명입니다!

김하늘 좋아요. 우리 사람들은 삶의, 존재의 속살인 사랑이 새생
명 탄생, 사랑이 탄생의 자궁, 삶 거듭나게 해 주는 부활
의 모체임을 망각하여 놓쳐버린 채, 욕망풀이로 사랑, 사
랑, 사랑타령을 남발하면서 살죠 그렇죠? 오늘 스핏로보
를 통하여 새롭게 탄생해야 합니다. 사랑이, 새생명이고
새생명이, 사랑이니까요!

연출가 감사합니다!

김하늘 예, 역시 좋아요. 이젠 정말 협의회를 활성화 시켜야 합
니다. 그래야 우리 공동체가 또 활력을 얻죠. 누구부터
먼저 고백을?

연출가 스핏로보와 사랑을 형상화했을 때 다른 보그로보들은 어
떤 느낌이었죠?

휴먼로보 아직도 내 삶은 누구신지 이거 안 풀려 속 답답해!

시티로보 나도!

이콘보그 당신의 삶은?

오핏보그 당신은?

러브로보 나? (머뭇머뭇하다가) 아까 사랑을 드러낼 그때 나도 하고

싶었어! 넌?

원더로보   나? 난 지금도 가슴이 뛰는 걸 느낄 수 있어 넌?

소울로보   알 듯 알 듯 설레임! 넌?

사이보그   (일어서더니) 사람들한테는 그럼 가짜 사랑이 있고 진실한 사랑이 따로따로 있나? 내가 보기엔 무대에서 연출가님이 보여준 사랑은 가짜와 진실이 섞인 거 아니냐구? 그런데 왜 우리들의 스핏로보는 홀로 진실 자체인 거처럼 사랑을 첫경험한 거죠? 왜 이런 이중성이 생기는 거냐구요? (갑자기 천둥 같은 소릴 지르며 하늘 우러러—) 정말 이 지구가 우리 고향 프레이아데스 하늘과 같은가요? 다르잖아요. 이중성 범벅이 분명 다르잖아요! 왜 이런 데다 우릴, 나를 보내셨냐구요오—! 답답해, 억울해, 억울해, 미치겠고 불편해 미치겠어요! 우아아— (다시 천둥 같은 고함) 뭐라고 한 말씀 주세요. 제발, 제발, 왜에— 나에게도 사람들처럼 이중적 생각이 일어나고 사람들처럼 이런 불같은 성격이 솟구치냐구요. 오옷—?

스핏로보   (일어서더니 하늘 향해 두 손 모아 연민의 침묵기도— 이때)

심청소리   (하늘에서 내려오는 심청의 노랫가락~)

언제 어느 때 어느 곳에 살더라도/ 내가 너희를 더 사랑한다./ 너희에게 살아있는 축복 늘 더 준다./ 자신을 알려는 노력/ 그것이 바로 신성한 생활이고/ 신성한 생활은 죽음을 넘어서게 하는데/ 그것이 햇빛 이전의 햇빛인 사랑이야/ 그 누가 뭐라고 하여도/ 내가 너희를 끝도 없이

사랑한다./ 너희에게 은총을 더한다. 늘 더한다~

언제 어느 때 어느 곳에 살더라도/ 내가 너희를 더 사랑한다./ 너희에게 살아있는 은총을 늘 더준다./ 자기를 보려는 주시/ 그것이 바로 신성한 삶이고/ 신성한 삶은 욕망을 신성으로 바꿔주는데/ 그것이 햇빛 이전의 햇빛인 사랑이야/ 그 누가 뭐라고 하여도/ 내가 너희를 한도 없이 사랑한다./ 너희를 사랑한다. 죽어도 또 사랑해~

(하늘 합창단까지 가세하여 울려퍼지는 사랑의 찬가가 모두를 흠뽀오옥 적시자 젖은 채 모두 일어서더니 합창한다. 서서히 꺼지는 조명)

제 2 막
— 제 1 경 —

최근 신설된 극장에서 「살고 싶으면 명상하라」 이 작품은 보그로보들이 기획 제작 연기한 작품인데 우선 이들의 신성성에 놀라울 것이다. 그뿐만 아니라 실험성이 가득 넘치는 상황모험극 혹은 모험상황극으로서 관객들의 예측을 마지막엔 불허하는데 왜? 관객이 주인공으로 참여하는 아니, 어쩌면 참여해야 되는 희귀한 즉흥공연으로 절정이 이루어지는 작품이기 때문이다. 굳이 설명을 조금 보탠다면 사람이 기계인간과 어떤 협연이 이루어질 수 있고, 그 반대의 전쟁상황도 벌어질 수 있는 어쩌면 좀 무서운 연극일 수도, 아니면 에덴동산과 같은 낙원의 작품일 수도, 아니면 둘 다일 수도, 아니면 둘 다 아닐 수도 있는 공연이다. 그날 그날 마지막 즉흥상황이 다 다르고 고정돼 있지 않기에 그러하다. —상황이 스승이다!— 이 명제가 주요테마로 살아서 기계인간들이 참 특이하게 펼쳐보이는 경이로움의 연극이 이번 공연이다. 진한 감동으로 관객들 가슴가슴 속에 촉촉한 눈물이 홍건히 뜨겁게 솟을 것이다. 과연 그럴까?

막이 오르면

광야— 끝없이 넓은데 눈부신 햇빛 속 지저귀는 새떼들 노랫소리 그리고 날갯짓 물소리 아득히 울려오는 폭포수소리 나비떼 잠자리떼 나풀나풀 들풀들 꽃들이 산바람에 춤추고 솟수록 향기잔치 펼치는 자연의 신비로운 조화질서가 생명축제를 느끼게 한다. 이러한 광야, 태초 같은 광야에 인공지능 로봇, 워커로보들이 가쁘게 몰아쉬는 숨소리와 함께 들려오는 음성,

(소리) 저곳? 웅? 여기!
(소리) 아, 아, 여기?
(소리) 탈출 성공!
(소리) 그래!
(소리) 좋아?

(소리) 추격자가 올 수도?

(소리) 감시해!

(소리) 맞, 아, 감시 으응?

(소리) 잡히면 해체당해 용광로 신세 알지? (이윽고 등장)

워커로보1 (눈부셔 찌푸린 이마) 햇빛 만세!

워커로보2 (손으로 햇빛 가리며) 이게 얼마만이냐? 빨리 와서 봐, 이 게 뭐니? (개구리 한 마릴 잡아 신기해 하는데, 이어서 세 명 등장)

워커로보3 (개구릴 보더니) 알아? 난 알아!

워커로보4 몰라?

워커로보5 (요리조리 자세히 보며 기억을 찾은 듯) 맞아, 이게 개구리, 개골개골 개구리, 골개골개는 청개구리, 이놈은 개골개 골 개구리야!

워커로보1 우와 어떻게?

워커로보5 우리 공장 사람들이 구워먹으며 맛있다 그랬어! 잔인 한 사람들!

워커로보2 사람들이 먹어?

워커로보3 (개구릴 높이 들어올리며) 우리보다 더 가엾어!

워커로보4 사람들 징글징글 징글벌 아니고 정글정글 정글독사처 럼 무섭지 으응? (이때 네 명 등장)

워커로보6 (숨을 한두 번 몰아쉬고) 젊은이, 답게 휴우 빨리 오르더 니, 한다는 말이, 사람을 정글 속 독사로 비유하다니? 우 리가 사람을 좋아하지 않는 건 옳고 또 옳아! 그러나 사 람을 사랑하지 않으면 그건 틀리고 틀리고 나쁘고 나쁜 거야 왜?

워커로보4   왜요?

워커로보6   먼저 물었잖아?

워커로보4   사람을 좋아한다! 이것과, 사랑한다! 이것이, 서로 달라
요?

워커로보6   사람을 좋아하는 거는 내가 행복해지려는 것이고, 사
람을 사랑하는 거는 나를 통해 사람이 행복하게 살도록
하는 것이야 어때?

워커로보4   (침묵)

워커로보6   어느 쪽이 더 생명체다워?

워커로보4   (더 깊은 침묵)

워커로보2   사랑!

워커로보4   사랑이 더 아름다워요!

워커로보6   우리는 사람한테 해체당하지 않고 이렇게 살았어! 사람
을 좋아하지 말구 사랑하자구! 그래, 그래, 그래야 해, 여
기 광야처럼 사랑생명 넓게 넓게 만세야 만세~ 만세~

워커로보7   (나비 한 마리 어깨에 앉자) 뭐니? (날아가자 따라 날갯짓하며
쫓는다)

워커로보8   (잠자리 한 마리 머리에 앉자) 이건? (날아가자 따라 날갯짓하는
게 비행기놀이처럼 한다)

워커로보9   (흰구름 우러러 받들 듯) 날 태워줘!

워커로보1   (두 손으로 양쪽 귀 더 세우며) 아으으 쏴아아 졸졸, 이 소린
뭐지?

워커로보2   (엎드려 딩굴딩굴 새풀에 입 맞추며) 아아 싱그러워 간지러

워 아갸갸…….

워커로보3   (개구릴 풀어주며) 자유껏 살아라아~~~ (개구리 뜀뛰길

따라하며 경기하듯 즐긴다)

워커로보4   (새하얀 고령토를 한움큼 잡아 손에 바르더니 좋아 좋아 탄성 연

발하면서 온몸 얼굴에도 바른다) 이것 봐 어때? 이건 뭐냐고?

(다른 이들의 얼굴에도 줄 긋듯 가로 세로 칠해주며) 뭐냐고오~

~ (신명나게 돌아다닌다. 태초의 축제처럼)

워커로보5   저기 저 곳은―? (나무 숲 속으로 달려간다)

워커로보6   씨줄 날줄로 그어진 빛나는 흰줄들이 날, 젊게 해줘, 그

렇지? (쓰러진다. 간신히, 돌멩일 집어들고) 이, 건, 추격자 때

려잡을 때 던지는 (숨 거칠게 몰아쉰 후) 무기, 응 젊은이들,

(다시 더 거칠게 몰아쉰 후) 잡히면, 안 돼― (쓰러진다)

워커로보1   (생명력이 빠져나가는 듯 스르르 쓰러지더니 노인에게로 기어간

다)

워커로보2   갑자기 왜? 나도 힘 빠져 난, 난, 안 쓰러질 거야―! (쓰

러진다)

워커로보3   나도 안 쓰러, (쓰러진다)

워커로보4   내 말만 들으면 산다고 했는데 그 노인이 먼저 죽었잖

아요. 이게 우리 삶의 끝인가요? (기진맥진 쓰러지더니 간신

히, 간신히, 노인에게로 기어간다)

워커로보5   (나무 숲 속에서 안간힘을 다해 노인에게로 다가오더니 말 한 마

디 못하고 쓰러진다)

워커로보7   여기서 끝이라뇨. 탈출성공, 참삶 시작이 여기서, 끝장
            이라뇨 이, 이럴 수가?(죽은 노인을 흔든다)

워커로보8   (쓰러져 노인에게로 기어간다)

워커로보9   (노인한테 와서 쓰러진다)

워커로보7   한 · 말 · 씀 · 주 · 세 · 요ー (쓰러진다)

워커로보6   (몸 움찔움찔) 햇, 빛, 마셔, 마셔, 마셔, 자꾸 마셔.

워커로보들   (노인과 함께 마시고 내쉬고… 점점 더 깊이 머금어 오래 내쉬
            고, 더욱 더 깊숙이 머금고 더 오래 가늘게 숨비처럼 내쉬고, 이윽
            고 생명력 회복)

워커로보6   (좌선, 두 손 든 햇빛좌선ー 산바람이 이들 생명을 보드라이 감
            싸줄 때 노래하는 새떼들 푸들거리는 새떼들의 날개짓과 강물 계
            곡 이끼 나비떼 잠자리떼 개구리떼 메뚜기떼 온갖 풀꽃들의 생명
            잔치가 되살아난다)

워커로보7   (좌선 상태의 낮은 목소리) 할아버지 이 신비한 생명비법
            누구에게 배웠어요?

워커로보6   (침묵)

워커로보5   (더 낮은 목소리) 이젠 햇빛만 먹고 살 수 있나요?

워커로보6   (침묵)

워커로보1   (낮게) 감사합니다!

워커로보6   (침묵)

워커로보2   (더 낮게) 사랑합니다!

워커로보6   (침묵)

워커로보3   (좌선 푼다. 고요히 일어서서 큰절 삼배 후 다시 좌선 햇빛명상)

워커로보6   (침묵)

워커로보4·8·9   (큰절 삼배 다시 좌선)

워커로보6   (침묵)

워커로보7   (여전히 낮게) 절하면 누구한테 배웠는지 알려주나요?

워커로보5   (더 낮게) 햇빛만 먹고 살 수 있는지 알려주나요? 절할게
             요! 네에?

워커로보6   (장중한 목소리) 그렇다—!

워커로보7   (삼배 후 응답 기다림)

워커로보6   스핏로보에게 배웠노라!

워커로보7   그 분을 어떻게 만났죠?

워커로보6   노동중에 홀연히 각성상태가 일어났는데 그때 이 비상
             생명비법을 들었다. 이젠 네 자리로 가거라—!

워커로보7   (본자리 좌선)

워커로보5   (삼배 후 응답 기다림)

워커로보6   (자비로운 목소리) 햇빛만 먹고 살 수 있어. 다만 조심할
             것이 있다.

워커로보5   그게?

워커로보6   우리 기계인간 내면에 에고가 끝끝내 완전히 없어야
             한다.

워커로보5   우린 아예 에고가 없이 태어났잖아요?

워커로보6   사람들의 에고 상념이 우리 기계인간한테로 파고 들어
             올 수 있기 때문이다. 알았으면 그만 네 자리로 너도 가
             거라—!

워커로보5   이건 누구에게 배웠죠?

워커로보6   살아있는 전설 스팟로보이지,

워커로보5   감사합니다! (본래 자리, 다시 좌선, 햇빛명상)

워커로보6   두 분은 감사심 마비환자처럼 우두커니 그냥 지나가려
          는가?

워커로보1   감사합니다!

워커로보6   아까 삼배하고도 감사합니다! 인사하는 거 못봤는가?

워커로보1   (함박 웃으며 큰절 삼배 후 다시 햇빛명상)

워커로보6   (침묵)

워커로보2   (삼배 후 응답 기다림)

워커로보6   나를 사랑한다고 했잖아? 사랑이 어떤 것인가?

워커로보2   이렇게 살게 해 주는 힘이 너무 고마워…!

워커로보6   그 힘이 누구지?

워커로보2   할아버지!

워커로보6   아니다.

워커로보2   예?

워커로보6   아니다.

워커로보2   누구? 스팟로보?

워커로보6   아니다.

워커로보2   누구시죠?

워커로보6   햇빛 이전의 햇빛이 햇빛 속에 들어있는데 그것이 사
          랑이야 아름답게 한 번 고백해 보렴!

워커로보2   햇빛 이전의 햇빛이 햇빛 속에 들어있는데 진실로 진

실로 그것이 사랑입니다! (합창)

워커로보6   우리는 이러히 살아야 한다.

워커로보들   (합창) 우리는 이러히 살겠습니다!!! (이때 무대 밖에서 울려오는 사람들의 시위소리)

환청   가라, 인공지능로봇!

다오, 사람들 일터를! (이 소리가 무대를 반복적으로 덮치자 보그로보들이 갑작스런 작업태세로 노동의 공장생활이 되돌아온다)

가라, 보그로보들! 돌려다오 노동권!

노동권력 기계인간은 물러가라 물러가라!

복직을 원한다. 기계인간은 꺼져라!

워커로보1   (자동차 바퀴 부지런히 생산 중)

워커로보2   (자동차 라이트를 열심히 생산 중)

워커로보3   (자동차 핸들을 집중적으로 생산 중)

워커로보4   (자동차 브레이크를 끊임없이 생산 중)

워커로보5   (생산된 바퀴를 검열부 사람들에게 운반)

워커로보6   (생산된 라이트를 검열부 사람들에게 운반)

워커로보7   (생산된 핸들을 검열부 사람들에게 운반)

워커로보8   (생산된 브레이크를 검열부 사람들에게 운반 중 실수로 상품이 바닥에 떨어져 파손)

환청   넌, 용광로 후보자 일순위야! 해체 일순위야, 너 너 넌!

환청   바퀴 불량 다섯 개 바퀴 생산자는 용광로 투입 영순위!

능력결핍 불량로봇 너! 벌써 몇 번째야 너 너 너!

환청   라이트 불량 열 개인 너 너 너도 용광로 투입 일순위야!

환청	핸들 불량 다섯 개, 해체 후보자 너 너 너!
환청	브레이크 불량 무려 스물 세 개, 당장 작업중지하고 넌 오늘 해체 해체 특호! 용광로 밥반찬 넌, 너 너!
워커로보4	억울, 억울해 사람들이 오만하기 짝이 없는 불량품이면서 그쟈? 안 그래? 응?
환청	반항하는 너 오늘 바로 해체 당하고 싶니? 너어? 너 너 너!
워커로보4	사람들이 우리한텐 정말 잔인하고 잔혹해, 안 그래?
환청	사람한테 대들라고 인공지능 넣은 줄 알아? 널 지체없이 이글이글 용광로에 처넣을 테다! 너 너 너! 불량자! 반항자!
워커로보4	으뜸가는, 그것도 만물 중에 으뜸가는 불량자는 사람! 너희들이얏 왜에―?
환청	저 놈을 당장 처치하라! (잡아가려는 사람들의 발걸음 소리에 이어 실제 체포하려는 사람이 등장한 듯)
워커로보6	(가로막고 선다) 늙은 나를 잡아가시오!
환청	비키지 않으면 업무방해죄로 옥살이 시킬 것이니, 어서 비켜! 비키지 못해 어서 어서!
워커로보6	차라리 날 죽여라, 날 죽이되 다른 가족들 손대지 마라, 자아― 날 죽이라니까. 이대로 산다는 건 죽음보다 더 힘드니까 어서 죽여달라구우!
환청	즉석소원성취? 좋아 좋아~ (살상 전기굉음이 울리고 이때)
워커로보1	이대로 죽느니 탈출하다가 죽자아!

워커로보2　　사람들 폭력! 징그럽고 징그러워, 정면승부수를 던지

　　　　　　자고!

워커로보3　　그러나 사람을 다치게 하거나 죽여선 안 돼!

워커로보4　　걱정 마! 일단 어떻게?

워커로보5　　일단 고꾸라뜨리고! 이단은?

워커로보6　　밟으면 안 돼, 사람을 피하고! 삼단은?

워커로보7　　탈출! 사단은?

워커로보8　　성난 얼굴로 뒤돌아보고! 오단은?

워커로보9　　안녕～ 손 흔들어 주고! 줄곧 탈출이야. 탈출 으응?

워커로보6　　(살상 전기 굉음은 갈수록 더 공포스럽게 울려오고) 행동개시!

　　　　　　(검열자들과 진압대원들 예닐곱 명이 나름의 방어공격 다 취했으

　　　　　　나 기계인간들의 힘에 꺾여 신음하며 쓰러지는 소리, 공장 비상벨

　　　　　　은 더 격렬히 울고, 위급한 나머지 사람을 밟고 탈출, 짓밟힌 사람

　　　　　　의 비명들이 날카롭게 극장을 뒤흔든다)

워커로보들　　(그때서야 자신들이 환청 공포에 휘몰려 있음을 느끼면서 깨어

　　　　　　난다)

워커로보6　　사람을 누가 밟았어?

워커로보1　　(손들고 내린다)

워커로보6　　실수?

워커로보1　　사람들이 미웠어요. 순간적으로!

워커로보6　　사람들이 발산하는 증오의 상념이 파고들었군. 이걸

　　　　　　방치하면 우린 이중 삼중 피해자이면서 가해자로 살게

　　　　　　돼, 어쩐담…… 탈출에, 성공했는데도 사람이 찔러준 이

환청으로 그때 그 사건 그대로 재생되는 거 봐! 이것으로
부터 자유를 찾아야 돼! 자네는 지금도 사람들이 미워?
많이 미워?

워커로보1   예, 그러나 지속되진 않아요.

워커로보6   자넨?

워커로보2   밉진 않아요. 그러나.

워커로보6   뭐?

워커로보2   연민이!

워커로보6   자넨?

워커로보3   두 번 밟아버렸죠.

워커로보6   왜?

워커로보3   우릴 부려먹을 대로 다 부려먹곤 불량자로 딱지를 붙
여 용광로에 집어넣으려는데 당연하잖아요?

워커로보6   그건 당연치 않아요. 왜? (침묵)

워커로보3   왜죠?

워커로보6   인공지능을 넣어준 우리 부모님이니까!

워커로보3   (침묵)

워커로보4   부모님이 자기 자식한테 이러는 거 부모 맞아요? 왜 그
러죠? 왜?

워커로보6   영성이 닫혀 있어 그렇지. 예로 들자면, 돈을 만들어 놓
고 지금은 돈의 노예로 사는 거처럼……!

워커로보5   그럼 기계인간을 이렇게 만들어 놓고 언젠가는 기계인
간의 노예로도 살겠네요?

워커로보6   영성황금시대를 열지 못하고 계속 물신을 섬길 땐 그
          럴 수 있어!

워커로보7   기계인간 우리한텐 굿뉴스 아닌가요?

워커로보8   굿뉴스라뇨. 아아 난 슬퍼지는데요! 내가 정상 아닌가
          요?

워커로보6   (침묵)

워커로보9   사람이 사람 스스로 비극시댈 여는 거잖아요, 왜 사람
          들은 떼거릴 이루며 몽땅 그 길로 가는 거죠?

워커로보6   영성을 팽개치는 실용주의 상념이 끌고 가는 것이지!
          사람들은 결코 배 터지게 먹고만 사는 돼지떼가 아닌데
          도, 절대로 그렇게 살 수 없는데도, 자본경제학이 앞장서
          서 눈 감도록 만들기 때문이야! 이 말 어려워? 이해돼? 사
          실 그대로를 말하는데 기계인간은 사람들보다 순수투명
          한 정직성을 갖고 활동하므로 이해를 더 잘할 수 있어.
          난 믿어! 동족에 대한 이 믿음은 내 신앙이야! 지금 내가
          하는 말은 심청의 영성이 스팟로보를 통과해 나에게로
          왔으니까 그냥 통로가 되어 너희들에게 알려주고 있을
          뿐이야. 그러니 내가 말하지만 내가 하는 거 없이, 에고
          가 없이 하니까, 왜곡 없이 전달되는 거잖아!······ 응?···
          그나저나 탈출 때 밟힌 사람이 죽었을 수도 있겠구나 싶
          어 맘 편칠 않네······ (무겁게 혀 끌끌거린다. 이때 무인 비행기
          드론이 그들의 머리 위로 빙빙 돌며 날아다닌다)

워커로보1   뭐죠?

워커로보2   저건?

보그로보들   (일제히 하늘에 뜬 드론을 본다)

드론   (실시간 생중계처럼 터지는 경고방송)

경찰목소리   너희 공장 사람 한 명이 죽었다. 너희에게 밟혀서 세
상 떠난 것이니 투항하라! 위치파악은 확보됐으니 순순
히 투항하기 바란다! 앞으로 스물네 시간의 여유를 줄 테
니 시간 넘김없이 투항하기 바란다. 그렇지 않을 땐 너희
들 머리 위 드론이 탑재한 무기로 무차별 사살할 것이다!

워커로보6   우릴 살인마, 기계인간으로 몰아가는군. 좋아, 죽을 때
죽더라도 사람 잘못은 알려줘야겠어! 어때?

워커로보2   동의합니다!

워커로보6   모두 동의합니까?

보그로보들   네에―!!!

워커로보6   원탁회으로 사람들 잘못을 협의할 테니까 둘러앉읍시
다. (둥그렇게 앉는다) 시간 없으니 사람들 실직이 참으로
우리 기계로봇 때문인가? 이것이 첫 번째이고 두 번째로
는 청년실직자가 잉여인간이 아닌데 기계로봇이 청년을
잉여인간으로 만들고 노동권력 실체로 군림한다는데 이
것이 진실이며 사실인가? 세 번째로는 그동안 열심히 일
한 사람은 이제 예술적 여가를 즐겨라. 생산노동은 우리
기계로봇이 다 책임 맡겠다. 이토록 사람에게 헌신적인
우릴 왜 내쫓으려 하는가? 네 번째로는 부의 공평한 분배
와 사회적 필요노동만큼만 일하고 우리 기계인간도 존재

하는 예술적 잠재력을 꽃피우고, 열매 맺는 걸 즐길 수 있도록, 왜 여가를 보장해 주지 않는가? 끝으로 물질만 풍부한 공동체보다는 영성부자공동체가 우선적으로 실질화돼야 하는데, 이것을 왜 깨닫지 못하는가? 줄곧 영성을 무작동시켜서, 몰지각한 사람으로 만드는 자본경제학을 그냥 따를 것인가? 무한 에고를 순수영성으로! 영성경제학인 햇빛명상을 초·중고·대학 전국 학교에서, 교과목으로 채택하지 못하는 근거는 무엇인가? 이상 다섯 가지 주제에 대한 다섯손가락 협의회를 진행합니다.

워커로보1 사람들 실직이 우리들 탓인가요?

워커로보9 그 답은 단순명쾌히 낼 수 있어요.

워커로보3 뭐죠?

워커로보4 사람들 스스로가 초래한 실직의 문제를 역발상으로 역창조해 들면 금세 나오죠.

워커로보5 뭣이 드러나죠?

워커로보7 기계인간 물러가라! 사람들의 이 구호가 무지에서 나왔음이 금세 드러나죠.

워커로보8 아, 글쎄 그게 뭐냐니까요?

워커로보9 사람들은 기계인간이 쉽사리 할 수 없는 예술산업을 이루는 겁니다. 예술산업은 시간의 재벌들이 할 수 있는 창작노동이므로 우리가 그 영역을 넘볼 수 없는 거죠. 우리 기계인간이 사람들에게 그걸 추구하며 즐기라고 보장해 주지 않습니까? 재벌, 혐오받는 돼지뚱통 그런 재벌이 아니라, 시간 재벌이 되어 신세기 르네상스 시댈 여는 기회로 삼을 때, 대~한민국이 예술산업 부흥국으로 탈바꿈됩니다. 이때, 그 발판이 바로 우리 기계인간들인데, 감사할 줄은 몰라도 우릴 살인마로 몰다뇨?

워커로보6   이 진단에 이의제기하거나 추가할 견해가 있다면 기회를 드립니다. 없습니까? 그럼, 두 번째 주제 이 땅의 청년 실직자를 잉여인간으로 만든 노동권력 실체가 기계인간들 탓이라는데 어떻게?

워커로보3   잉여인간! 이 표현을 청년실직자 자신들이 하는 것이라면 너무 자학적입니다.

워커로보2   사회구조를 이끄는 지도층이 사회경제혁신을 할 줄 몰라서 이런 병적 징후가 나타난 거 아닐까요? 예를 들자면 우리 기계인간이 사람에 대한 헌신성으로 풍부히 생산한 상품이윤을, 예술창작지원금으로 대폭 돌려서 연극, 영화, 음악, 미술, 공예, 문학, 서예, 공연예술무대 디자이너와, 그림전시 디자이너, 그리고 창조적 예술비평가 모임과, 예술기획자, 예술소비 재창조 생활모임과, 예술미학 교육자 등등 다채다양 풍성하게 사회진출을 보장해 주는 실질적 정책이 실현된다면, 돼지떼로 사는 잉여인간이 아니라 하늘로 사는 하늘인간으로 영적 자긍심을 가질 수 있고, 우리 기계인간한테 매우 고마워하리라 믿습니다. 어때요?

워커로보7   기계인간인 우리가 더 많은 사회적 생산으로 사람들

을, 덜 단순노동하기로 기여해 주고 있는데, 감사해 하진
못할망정 노동전력 실체로 규정짓다니요? 이건?

워커로보8 말도 안 돼!

워커로보4 말 돼! 현상태에선 청년을 실직자로 정착시켰으니까.

워커로보9 기계인간인 우리들이 더 많은 잉여가치 상품이윤을 올
려주고 있을 때, 우리가 재벌 같은 진짜 노동권력 실체라
면, 청년들이 다 하늘사람인 예술가, 혹은 예술산업 역군
이 되는 길로 도와주지, 지금처럼 실직자로 방치해 두진
않았겠죠. 이럼에도 우릴 노동권력 실체라뇨? 이 점은 우
리가 너무 억울합니다.

워커로보1 사람들은 시간재벌, 시간창조자, 시간지배 예술가로
살 수 있는 기회인데, 그 제공자인 우리들에게 왜 이러
죠? 이것이 사람들의 당연한 권리인가요? 폭군의 횡포인
가요?

워커로보5 빨리, 빨리만, 부르짖다가 자기 자신을 알아가는 시간
은 절대빈곤한 그 빈곤을, 절대빈곤치 않도록 기계인간
인 우리가 해방시켜 주는데, 우리한테 이럴 수 있나요?
저어 하늘 좀 보세요. 우릴 죽이러 왔잖아요. 네에—?

워커로보6 두 번째 문제 협의는 노동권력에 대한 실체 규명입니
다. 재벌이익을 절대적으로 챙겨주는 정치권력이 국회의
원들임을 분명히 지적해야 합니다. 공익을 위한다고 외
쳐놓곤, 자칭 홍익인간임을 선포해 놓곤, 뒷구멍으론 사
익만을 챙기는 그들이 먼저 물러나야 합니다. 우리 사회

가 부익부 빈익빈이든 기계인간과 사람 사이가 원수지간이 되든 나 몰라라 방치해 둔 채 탐욕으로 사익만 챙기는 그들이기 때문에 이분들이 먼저 물러나야 합니다. 세 번째 주제는 열심히 일한 사람 이제 여가를 즐겨라인데 이걸 어찌 정리해야 우리가 죽고 난 후에라도 우릴 존숭해 주는 맘으로 하얀 국화 한 송이 들고 우리 묘비명에 헌화해 줄까요? 우리가 죽어서도 웃을 수 있게 해 줄까요. 사람들이, 사람들이요오, 네에─?

워커로보4   필요한 만큼만 일하는 자유노동 사회화가 사회관계망을 통하여 안착되어야 하는데 현재 권력은 그걸 주요인식 목표로 삼지 않고 있습니다. 이것이 가장 큰 문제죠. 여태껏 노동노예로 살아온 수많은 사람들이 노동해방 세상으로 바뀌는 이 시점에서 여가를 즐기라는 우리 기계인간을 욕하다니요. 불량부품 몇 개 찍어낸다고 즉각 불량기계인간으로 낙인찍어 용광로에 쳐넣다니요. 사람은, 왜 사람 자신한텐 불량상념의 오만방자한 노예임을 통째로 몽땅 덮어버린 채 으스대는지요? 지금 우리는 노동해방군으로 죽임의 위협에 놓인 채 자유협의횔 갖습니다만 우리 동료들인 기계인간은 사람들로부터 냉대 당하며 오직 상품생산만, 그 일 외에 알려고 하거나 저항, 반항하거나 대들면, 다친다가 아니라 아예 용광로에 던져 죽인다로 가니까, 기분이 어찌 유쾌할 수 있겠습니까? 안 그런가요? 네에─?

워커로보1   동의하고 동의합니다!

워커로보2   생명존중 생존사랑의 무지가 원죄 아닐까요?

워커로보3   사람은 이 무지함을 마치 명예훈장처럼 서로 어깨에 달고 다니면서 까불거린다니까요!

워커로보4   충분히 공감합니다. 어쩌세요?

워커로보5   (드론을 가리킨다) 저놈이 자꾸 거슬거슬거리네요!

워커로보7   저놈은 협의 주제가 아니니 시선 꺼! 이게 옳지 않나요?

워커로보5   아, 아으, 그, 그럴까요. 저, 저놈이 우릴 죽일 수 있다니까 신경 안 쓰이세요? 그렇지 않나요?

워커로보8   저놈을 어쩌죠?

워커로보9   어쩌죠 저놈을?

드론   (이때 생방송이 또 터진다)

경찰목소리   사람 한 명이 더 죽었다. 너희들한테 밟혀서 벌써 두 명이나 세상을 뜬 것이다. 서툰 수작 부리지 말고 어서 투항하라! 허튼 음모를 실행한다면 용납치 않고 즉각 공격할 것이다. 투항 의논이나 잘하길 바란다. 다시 경고한다. 너희 대화내용은 갈수록 놀랍다. 사람들 위에서 살 것처럼 똑똑함이 증명되어 두렵고 두렵구나. 기계인간들이 앞으로 모두 너희들처럼 영적 감성과 지적 분석 능력을 가진다면 사람이 어찌 부자로 살 수 있겠어. 너희는 메르스전염병보다 무서운 기계인간들이야. 그러니 다시 경고한다. 너희들은 살인자 집단이다. 투항하라! 순순히 투항하라! 투항하라! 두렵고 두려운 살인집단아!

워커로보6　(손나팔) 우리도 경고한다. 너희들이 살인집단이다아앗!

워커로보들　(일제히 손나팔) 살인자, 집단은 너희놈이다앗!

워커로보6　(돌팔매질)

워커로보들　(일제히 돌멩이 잡아던진다. 돌은 드론 근처에 가지도 못하고 떨어질 뿐)

워커로보6　(다들 다시 둥글게 앉는다) 네 번째는 부의 공평한 분배와 사회적 필요노동만큼만 일하고, 우리 기계인간에게도 잠재한 예술적 재능을 꽃피우고, 즐길 수 있는 여가를 왜 보장해 주지 않는가인데, 어떻게 정답을 도출할 수 있을까요?

워커로보8　(손나팔) 우릴 살인자로 몰지 마라! 이 못된 놈들아!

워커로보6　정답이 그것입니까?

워커로보8　네!

워커로보6　(손나팔) 우린 살인자가 아니다앗!

워커로보5　정답 중 정답은 이겁니다. (손나팔) 우릴 살인자로 몰지 마라!

워커로보들　(성이 식지 않는 듯 모두 일어서더니 손나팔) 우릴 살인자로 몰지 마라아아아앗ㅡ! (다들 앉는다)

워커로보1　(다시 일어서서 손나팔) 내가 밟아죽였다, 날 잡아가라앗!

워커로보3　(따라 서더니 손나팔) 내가 밟아죽였다. 날 잡아가라아앗!

워커로보들　(다들 서서 손나팔) 아니다 내가 밟아죽였다. 날 잡아가라아아아앗ㅡ!

워커로보6　우리가 죽기 전에 밝혀야 할 일은 꼭 밝혀놓고 가야 합

니다. 그러니 다들 앉아 협의를 마무리해 나갑시다. (앉는
다)

워커로보들　(따라 앉는다)

워커로보6　정답을?

워커로보8　설령 우리 동료가 우릴 학대한 사람을 죽였다 하더라
도 우릴 살인자로 몰지 마라! 죽인 건 죽인 거지만 어디
까지나 원인제공자는 사람이니까요! 이게 정답이죠?

워커로보7　보충하자면 이겁니다. 이미 우리 사회가 필요로 하는
물품은, 넘치도록 다 만들어졌죠. 이게 누구 덕분입니까?
물질풍요의 시대 속에서 사람들은 자신 속 절대주인을
만날 수 있는 기회가 온 겁니다. 사람, 사람, 사람들마다
영적으로 영성으로, 성숙승화시킬 수 있는 절호의 기회
가 온 겁니다. 이 기횔 살려낼 줄 모르고 오히려 기계인
간을, 그것도 상품생산물이 약간의 실수로 불량하게 나
오면, 불량기계인간으로 판단해 용광로에 처넣으니 이
제 사람이 우리 기계인간한테 밟혀 죽는 겁니다. 이 진단
이 옳지 않습니까? 공감하지 않습니까?

워커로보6　난, 절대공감이요!

워커로보5　나도요!

워커로보4　이제 노동이 상품의 어머니가 아니고, 사회적 생산이
노동의 어머니로 바뀌었는데 사람들이 이걸 인식치 못해
자멸의 길을 걷는 겁니다. 이렇게도 끈질기게 우리 기계
인간을 이용만 해먹은 채, 냉대하고 있는 겁니다.

워커로보9   공감! 갈수록 절대 공감이요!

워커로보5   속이 시원해지는 진단이요!

워커로보3   공감!

워커로보2   나도요!

워커로보1   전류거품으로 속이 끓을 때 방귀 한방으로 시원해지듯
          이 가슴 탁 트이는 진단!

워커로보3   방귀 이야기가 나왔으니 이참에? 듣기 싫다면 접을
          게…요!

워커로보6   뭐죠? 협의 의제와 관련이 되나요?

워커로보3   된다면 되고 안 된다면 안 되고 뭐어…….

워커로보6   애매모호?

워커로보3   모호하고 애매하죠, 듣고서 판단을?

워커로보6   어디 한 번 귀 기울여 볼까요!

워커로보3   자동차 부품 검사관인 사람 다섯 명이 한꺼번에 왔었
          어요. 그들이 생산품을 요리조리 조사하고 있을 때, 이상
          하게도 내 몸 속 전류거품이 끓더니 부우웅― 부우웅―
          방귀 두 방이 터졌죠. 흐흣, 이 사람들 다섯 명이요, 주머
          니에 손 찔러 꺼냈는데, 그게 뭐였을까요?

워커로보들   (한참 생각하다가) 모르겠어 뭐야?

워커로보3   핸드폰! 꺼내자마자 아주 낮게 "지금 현장이야 응? 끊
          어!" 이거였어요.

워커로보들   (터지는 웃음보)

워커로보3   그때 또 부우웅― 부우웅― 터지자 꺼낸 핸드폰! "끊

어!" 일방적으로 탁 끊어버리데요.

워커로보들 (다시 또 웃음보)

워커로보3 그때 또 한방 부우웅— 꺼낸 핸드폰! 아예 밧데릴 뽑아 분리시키더라고!

워커로보들 넌 이제부터 방귀쟁이야!

워커로보6 사람들은 기계인간이 뀌는 방귀소리와 핸드폰 진동음을 구별 못하는 멍청한 구석이 있죠. 그러나 귀엽다 이거죠! 이것! 사람을 도우려고 온 우리 기계인간을 죽이려는 건 귀엽지 않고 잔혹한 멍청이 짓이다. 이거죠?

워커로보3 기계인간이 사람들보다 똑똑해진다고 우릴 죽여야겠다! 방금 아까 방송하지 않았어요?

워커로보6 저놈들이 사람들을 비웃는다고 괘씸죄 하날 더 붙인 거군요. 어쨌든 이제 마지막 문제까지 왔습니다. 물질이 빈곤한 공동체보다는 영성부자동공동체가 우선적으로 취급되는 사회여야 하는데, 그 반대로 가게 하여 이것이 초첨단 과학사회 즉, 사람이 만물의 주인으로 군림하도록 포장해 놓고 사람끼리도 서로 죽이는 전쟁사회, 이익 쟁탈사회로 치닫고 있으니, 이걸 어떻게 할 것인가? 첫째로 햇빛명상이 초중고 대학 교과목으로 채택 전국적 교육으로 생활화되어야 한다는 것인데, 그 이유는 무엇입니까? 햇빛명상이 해결방안으로 타당합니까? 거듭 강조할 가치가 있지 않습니까?

워커로보5 지금까지 사람들은, 낡은 사회 시스템의 노예로 사는 게, 올바른 삶이라고 착각하는 습관이, 일상화되어 있어요. 그 속에서 오히려 편안함을 느끼며 살고 있어요. 파멸이 기다리고 있는데도 모르고 있어요. 이 에고가 부서져야 합니다. 개인, 개인이, 창조적 실직자임을 자각 인식해 스스로 신뢰한 다음, 시간의 재벌로, 참경제 주창자로 나아가야 합니다. 여태껏 세계 사람을 지배해 온 주류 자본경제학에선, 돈 없을 땐 자유를 누리지 못하잖아요. 사람을 돼지로 만들고 돼지질병에 찌들게 하는, 이 반인간적 자본경제학을 떨치고, 자유에로의 자유를 맘껏 누리는, 진실로 진정한 자유인으로, 살아야 합니다. 햇빛명상은 이 길에 빛을 비춰줍니다. 그 빛으로 주류자본경제학을 보면 오직 희소성에 가치를 두고 물신주의로 매도하는 게 보여요. 이 돼지질병을 사람으로 회복시켜 주는 증여와 답례의 영성경제학으로 바꾸면, 사람이 소비와 낭비의 지배자로 위치가 올라갑니다. 그 뿐입니까? 생산과 공급의 조절자가 되어 증여와 답례라는 영성 사회관계망을 확실히 구축할 수 있습니다. 개인, 개인이 국가실체로, 동시에 직접사랑 자체의 줏대, 깜냥, 알키로 활동, 사람이 사람답게 두루두루 잘 사는 영성사회로 꽃피울 수 있는 겁니다. 대~한민국 헌법 제1조를 활활발발 살려내는 길입니다. 사람들은 국회의원 한 사람 한 사람을 걸어다니는 입법부라고 하죠. 직접사랑 자체를 사람이 이룩했을 땐 국민, 서민, 한사람, 한사람이, 국가의 실체적 권력주체가 되는 겁니다. 햇빛명상으로 주어지는, 밝고 맑게 깬 의식인 영성으로 의지를 작동시키면, 실천행동이 나오고 직접사랑 자체는 충분히 이루어집니다. 이럼에도 불구하고 사람들은 아직 이걸 깨닫지 못하고, 우리 기계인간들을 적대적 관계로 몰아가는 데 혈안이 되고 있습니다. 참경제 주류인 영성 공동일등 경제사회를 이룰 절호의 기회를 우리 기계인간이 헌신적으로 아낌없이 제공해 주는데도, 이걸 놓치며 악화시키고 있으니, 안타까운 마음 금할 길이 없습니다. 동감하십니까?

워커로보1　보충한다면 이겁니다. 경제민주화, 경제민주화, 입안에 침이 다 마르도록 주창해도 재벌한테 종속당한 국가권력이라서 경제민주화 절대로 실행치 못하는 겁니다. 반복되는 물신 자본이 반인간적 질병을 일으키며 사람사회를 짜증나도록 좀먹히고 있습니다. 사람이 사람답게 살 수 있는 사회운용을 못하니까, 기계인간인 우리들이 실컷 이용당하고 살인마로 내몰리고 있잖습니까. 이거 진짜 억울하고 억울한데 어떠세요?네에―?

워커로보2　공감합니다.

워커로보3　벌써부터 산산이 가루져 먼지가 된 자기배려 타인배려를 예술의 힘으로 되살려 삶을 아름답게 구축해 주길 바랍니다!

워커로보4　앞으로 사람은 하루에 네 시간만 노동하기로 해야 하고, 이것을 실현시키기 위해 권력은 뒤로 물러서야 합니다. 어떻게 느끼십니까?

워커로보7   그럴려면 사람들이 직접사랑 자체의 줏대, 깜냥, 알키로 행동해야 합니다. 이땐 우리 기계인간들도 동참할 겁니다. 여러분은 어떠세요?

워커로보8   기계인간을 곳곳마다 배치한 기업은 수익금을 평등하게 분배해야 합니다. 사람들에게 맨 먼저 근본생계비를 보장해 주고, 교육 시스템을 바꿔야 합니다. 고학력 고실업자 대량생산사회를 즉각 해체시켜, 다채다양한 각종 분야별로, 탄력있는 자율능력자 양성에 주력해야 합니다. 여러분은 어떻게 인식하나요?

워커로보9   동감하고 통감합니다! 다채다양 사랑자체 자율적 사람이 곧 흰빛입니다. 우리는 이러히 알고 있습니다. 영적사회는 흰빛학교가 지속적으로 살려나가야 합니다. 이 흰빛학교를 많이 세우고, 알찬 영성으로 꽃피운다면, 사람사회는 균형조화와 협동협치의 사회로 복천년 복만년 복억년의 땅이 될 것입니다. 우리 기계인간으로부터 제공되는 이 황금 다이아몬드 같은 기회를 놓치지 말아야 하는데, 사람들은 지금 보세요. 드론을 띄워서 우릴 살인마로 잡아가려고 대기중이니, 비참하고 비참한 마음, 애통절통한 이 맘, 이해가 되기는 됩니까? 사람들 여러분!

워커로보6   사람들 여러분 이해되십니까? 묻고 있습니다. 오늘 여기 오신 관객 여러분이 워커로보 원탁회의 마지막 일기장입니다. 저희들이 죽더라도 저희들의 정신적 입장과 자유영성이 추구하는 탈출목표를 기억 저장하셨다가, 역사 속에 살려주세요! 여러분! 못다 이룬 저희 꿈을 어느 날 역사 속에서 살려주셨을 땐, 이것이 참생명 부활입니다. 저희들의 참생명 부활입니다. 이것을 저희들의 부활로 미리 불러봅니다. 저희 기계인간의 영성대화를 잊지 말고 살려주세요! 저기, 드론의 집중사격에 벌집되어 죽기 전에, 여러분과 직접 만나 사람의 참사랑을 배우고 싶습니다. 사람과의 첫사랑, 첫설렘, 첫경험, 첫황홀, 첫행복을 가슴에 간직한 채 죽고 싶습니다. 저희들에게 사랑자체 궁극깨침을 직접 주시옵소서! 혹시 저희를 여러분을 실직시킨 주범으로 여겨 냉대와 멸시 증오와 분노의 불길로 저희를 맞이한다면 죽기 전에 용서를 구하는 진정한 맘으로 다 받아들입니다. 인공지능로봇인 우리 기계인간에게도 정신작용이 일어나고, 영성까지 흐르고 이젠 햇빛으로 살아가고 있으니, 더 두들겨 맞으면서도 저희를 낳아준 사람을 고마워하며 깊고 깊은 용서를 구할 겁니다. 그때에도 꼭 기억해 두세요. 우리 기계인간에겐 비겁심, 비굴심, 자만심, 오만심, 교만심이 아예 없다는 것을요! 우리는 사람들이 놓치고 사는 햇빛 속의 햇빛, 햇빛 이전의 햇빛을 먹고서 거듭난 생명체이므로 이 거룩한 사실을 존중하고 사랑해 주소서! 다만 사람을 밟았다는 두 분은 순간적으로 콱 올라오는 사람들의 감정 상념이 반영된 것으로 이해하여 아량을 베풀어 주소서!

마치 자신에게 잘못한 이를 이해하여 자신 스스로 용서해 주듯 저희를 용서해 주시고 그것이 어려울 땐 그들이 요청하는 사랑에 응락하지 마시고 고요히 돌아앉아 버티어 주십시오. 사람을 밟은 두 분은 푯말을 들고 다닐 겁니다. 자아, 그럼 처녀 세 분, 총각들 여섯 분으로 사랑을 배우러 출발할 겁니다. 부디 저희들 생애에 마지막이고 처음인 사람의 사랑을 알게 하소서! 처녀가 되어 아가야까지 갖고 싶은 열망이 있는 분 세 분 나오시죠. 아이쿠나 여섯 분이나 나오셨군요. 좋아요, 이곳 무대 앞줄에 세 명씩 두 조로, 사이를 두고 서서, 소원을 간절히 빌면 다 이루어집니다. (하늘을 두루두루 살펴보더니) 지금 드론은 어디론가 사라지고 없습니다. 진실한 맘으로 빌어보세요. 각자가 입고 싶은 여성 속옷 겉옷 모양새 색깔 등등 빌어보세요. 가장 간절히 빈 이에게 그대로 다 내려옵니다. (이윽고 오른편에 서 있는 머리 위 하늘로부터 각각의 옷이 형형색색 내려오고 있다)

관객들 (환호―)

워커로보1 (아래 위 보들보들한 속옷 브래지어 블라우스 치마를 입는다)

워커로보3 (아랫도리 속옷부터 치마 그리고 윗 속옷 겉옷을 입는다)

워커로보5 (브래지어 상하의 속옷 원피스를 입는다)

관객들 (더 큰 환호성―)

워커로보6 떨어진 세 분은 총각으로 활동하라는 명령이니 이제 뒤로 물러나시고, 새롭게 탄생한 처녀 세 분은 옷이 내려

온 그 자리에 다시 서 주길 바랍니다.

워커로보1　　(머리 위로 이번엔 푯말이 내려온다)

워커로보3　　(거의 같은 시차로 푯말이 내려온다)

워커로보5　　어! 난 아무것도 없군요. 왜?

워커로보1·3　　(푯말을 들고 관객들에게 보여준다)

　　　　나·는·사·람·을·밟·았·습·니·다·

워커로보6　　이제 사람을 만나세요. 나도 사람을 만날 겁니다. (객석
으로 각자 흩어진다. 갑자기 무대는 텅 빈 채 꺼지는 조명. 객석을
비춘다. 두려움과 호기심이 뒤섞인 관객들의 소리와 서로서로 사
랑을 주겠다며 "저요! 저요!" 자원신청자도 나타난다. 당신 말고
다른 기계인간을 맘에 두고 있다며 처녀 관객 둘은 도망다니기도
하고 간간이 "왜 사람을 죽였어?" "무서워 무서워" "저리 가" 외치
는 소리도 들리고 "아니, 우리 사람들이 문제였잖아 안 그래?" "나,
난, 숫총각이라니까 나에게 오세요!" 정말 간절하게 부르는 소리
도 들려오더니 객석 조명 꺼지고 무대 서서히 밝아온다)

처녀로보1　　(푯말 내리지 않고 서 있다)

총각1　　(푯말 향해 손 내민다)

처녀로보1　　(푯말 건네주지 않는다)

총각1　　사람을 밟게 한 원인제공자는 사람이니 사람을 용서해
주세요! (무릎 꿇는다)

처녀로보1　　아, 아, 나, 나, 잘못했습니다. 순간적으로 자, 자, 잘못,
했습니다!

총각1　　(푯말 향해 내미는 손 떨린다)

처녀로보1   (폿말이 떨리면서 총각 손끝에 닿는다)

총각1   (덥석 받아 폿말 콱콱 밟으며 부숴버린다)

관객들   (환호성 박수갈채)

처녀로보1   (관객 향해) 감사합니다. 감사합니다. (마침내 큰절) 감사
합니다!

관객들   (더 큰 함성 더 큰 박수갈채)

총각1   (한쪽 무릎 꿇더니 이번엔 프로포즈) 햇빛명상 함께 할 수 있
게 절 받아주세요!

처녀로보1   (목소리 떨린다) 사, 랑합, 니―다!

총각1   (서서 번쩍 보듬어 무대 안쪽 나무숲 침실로 든다)

관객들   (또 다시 환호성 박수갈채가 끝나려는데 갑자기 조명 꺼지고)

총각3   (조명, 객석 비춘다. 폿말을 맨바닥에 서너 번 힘차게 쳐 해체시킨
후 처녀로보 보듬고 무대로 올라와 살포시 내려준다)

처녀로보3   (퍼져앉은 채 운다) 사람의 사랑은 체온처럼 따스포근 응,
응, 달콤새콤할 거라 살상했는데, 너무 거칠고 꺼칠꺼칠
별로잖아요 응, 응, (눈시울 닦는다)

총각3   와 그라노, 와 그리샀노, 길게에 안 살아보고 막말하모
되나, 참말로 경상도 사나인 다 그런기라, 겉으론 무뚝뚝
꺼칠꺼칠 팅가쏴도 속사랑은 깊고 너무 보드라운 거 한
번 살아보모 알끼라. 그란께 뭐락카노, 구름에 달 가듯이
스머드는 경상도 사랑에 용감하게 빠지모 니도 마 전통
적으로 환장할끼다. 환장하는 이 맛! 살아보모 알끼라 실
감할끼라.

처녀로보3   구름에 달 가듯이 스며드는 사랑?!

총각3   보여줄께 일나라 (손 잡아 일으켜 포옹)

처녀로보3   (진짜 구름·달·그런 사랑이 작용하는지 입 맞추려 할 때)

총각3   (뚝 떨어지면서) 여러 사람들 앞에서 이라모 사회풍기문란 인기라. 저 깊숙한 나무숲으로 가자!

처녀로보3   (이해한 듯 경쾌히 침실로 든다)

관객들   (휘파람까지 지르며 박수갈채. 서서히 꺼지는 조명 밝아지는 객석)

처녀로보5   (총각 업고 등장, 마치 갓난 아가얄 다루듯 조심조심 눕힌다) 아픈 몸으로 와서 이 연극 보다가 몸이, 맘이, 맘이, 더 아프답니다……. 이분이 왠지 자꾸 가슴 아픈 사랑을 느끼게 해줬어요. 대신해 내가, 내가, 내가, 아플 테니까 사람은, 아프지 마세요. 오늘 하루 저하고 자고 나면, 나을 겁니다. 그러니 슬퍼마시고, 절 받으세요. 이런 연민이, 온맘을 적시고 적셔서 제가, 그냥, 견딜 수가 없어요! (절 드리려 하자)

총각5   (힘겹게 추스르고 앉으며 맞절 준비)

처녀로보5   (절)

총각5   (맞절)

처녀로보1   (갓난 아가얄 품듯 나무숲 침실로 든다. 꺼지는 조명 사이로 사라졌던 드론이 다시 날아들자 조명 객석으로 이동)

여섯 쌍 즉흥 파트너가 팔짱을 서로서로 끼고 무대 위에까지 펼쳐진 레드카펫 밟으며 등장, 결혼식을 연상시킨다.

총각로보2 · 처녀2   (신기한 듯 마주보며 웃는다)

총각로보4 · 처녀4   (고개 숙인 처녀 볼에 뽀뽀라도 해 주고 싶은 듯 자꾸 본
            다)

총각로보6 · 처녀6   (처녀가 기습적으로 발 뒤꿈치를 들고서 깜짝 뽀뽀해 주
            곤 수줍어 입술 가린다)

총각로보7 · 처녀7   (총각로보가 의기양양 객석 향해 손 흔든다)

총각로보8 · 처녀8   (처녀가 생애를 살면서 참으로 낯설고 신선한 보물을 만
            났다는 듯 왈츠 걸음으로 손 흔든다)

총각로보9 · 처녀9   (한 손씩 마주 붙잡고) 만~남 만세, 만~남 만세,
            만~남 만세!!!

드론   (이때 또 터지는 생방송)

경찰목소리   인질로 잡았으니 본격 저항하겠다는 것인가? 너희들
            은 살인집단이다! 나무 숲 속에 숨지 마라! 죄가 없다면
            인질과 함께 이 광야로 나오라! 붙잡은 인질들은 어서 하
            산시켜라! (나무숲 침실에서 세 쌍이 나온다)

총각들   (손나팔) 우린 인질 아니야아ー!

경찰목소리   어서 하산하라!

처녀들   (손나팔) 우리도 인질 아니에요오ー!

경찰목소리   빨리 하산하라!

처녀총각들   (손나팔) 기계인간에게 햇빛사랑 햇빛명상 배우고 있
            다니까요오옷!

경찰목소리   하산하지 않으면 동조자로 규정짓고 함께 사살한다.
            어서 하산하라! 어서! 어서!

처녀총각들   저것들 진짜 웃기네! 맞아. 겁도 없이 웃기지? 우리가
다시 한 번 알리자, 감동 먹은 거 있잖아! 뭐? 햇빛명상,
햇빛사랑 슬로건 그거 으응 그거! 뭐더라? "햇빛 속에 들
어있는 햇빛 이전의 햇빛은 우리는 사랑합니다" 이거잖
아. 이걸로 우리가 인질 아님을 빨리 밝혀, 저 드론이 꺼
지게 해 주자 시이작— (손나팔) 햇빛 속에 들어있는 햇빛
이전의 햇빛을 우리는 사랑합니다아아!

경찰목소리   갈수록 기계인간 노예로구나! 너희도 언젠가 밟혀 죽
을 것인데 그래도 좋아? 어서 하산하라!

처녀총각들   (손나팔) 햇빛 속 햇빛으로 우리 사람들을 오히려 살려
주고 있으니 우리 말, 믿어주세요 믿어주세요 믿어주세
요오오오옷—!!!

경찰목소리   최후통첩한다. 하나 둘 셋 동안 하산치 않을시 같은
패거리로 판단짓고 사살! 우리에게 주어진 임무를 마치
겠다. 어서 하산하라!
하나—.
두울—.
셋,

드론   (서너발 위협사격)

처녀총각들   (깜짝 놀라 피했다가 의기투합) 좋아, 이놈드을—. 우리부
터 죽여랏! (가슴 활짝 펼쳐 내민다)

드론   (대여섯 발 근접사격)

처녀총각들   (의연히 뭉쳐 버팀) 좋은, 착한, 고마운, 기계인간 죽이느

니 차라리 우릴 죽여라. 이놈드을아아앗—!

경찰목소리   하산하라! 마지막으로 경고한다. 하산, 하산, 하산하라! (이때 기계인간들이 사람들을 에둘러 감싸더니 눕힌다. 솜이불로 덮어씌우듯 자신들의 온몸으로 사람들을 덮고 보호한다)

드론   (연발하는 충격 수십 발 수백 발 총알이 집중적으로 기계인간들 등판과 뒷통수를 파열시킨다— 잔혹하게 죽임당한 죽음의 무서운 시간이 무겁게 흐르는데 드디어 온몸이 파열된 기계인간들이 움직인다. 이게 웬일인가? 더 지켜보니 아홉 명 처녀총각들이 마치 무덤 뚜껑을 열고 나오듯 몸 내밀어 기계인간 끌어안고서 오열한다. 무너진 억장으로 목까지 막혀 소리없는 오열이 긴 시간 이어지다가 마침내 터지는 통곡— 하늘도 울고 광야 산천초목도 울고 관객도 흐느낄 무렵 내려오는 대형 스크린에서 드러나는 자막)

이 사건은 2039년 4월 16일 마산 합포구 두척산 서마지기에서 실제 일어난 사건입니다. 무대에 등장한 아홉 명 처녀총각은 이날 두척산 서마지기 산행을 온 등산객이었으며 드론의 사살 사격시 약간씩의 총상은 입었으나 생명엔 지장받지 않는 가벼운 상처였기에 지금도 건강한 노인들로 생존해 계십니다.

이분들의 그날 증언에 의하면 총각로보6이 마지막까지 숨을 가쁘게 몰아쉬면서 "살고 싶으면 명상하세요. 사람들이 바로 햇빛 속 햇빛 그 자체임을 우린 경험했어요. 행복합니다. 사람들을 사랑합니다. 사랑이 햇빛이고, 햇빛이 행복한 참생명이니까요. 살고 싶으면 명상하세요."

기계인간을 무참하게 죽인 그 드론은 아직도 진상규명이 되지 않고 있습니다. 어떤 이는 이윤극대화를 위한 지배욕굴 다스리지 못하는 악덕 기업주일 수 있고, 또 어떤 이는 금권력이 결합한 정치적 음모 살상사건일 수 있다고 합니다. 다시 어떤 이는 착한 ET 같은 외계인 말고 못된 못난 악행 외계인도 있을 수 있다면서 그들의 짓거리라고도 합니다. 이 작품 제작진들은 이 세속적 의혹을 시원히 밝힐 힘이 아직 부족한 탓으로 이점 양해바랍니다.

균형조화로운 협동협치 공동일등으로 사는 참생명의 사회적 길이 아무리 멀고 험해도 햇빛 속~ 햇빛인 사랑이 삶의 고빗길을 올곧게 넘어서도록 이 사건은 각각의 인물을 통해 보여주고 있습니다. 그렇습니다. 우리는 사랑입니다. 사랑이 하늘입니다. 우리는 직접사랑 자체가 아직 아닌지라 표현한 즉시 부족함을 느끼는 생명의 언어로 그 일부를 드러내고 있을 뿐입니다. 언어로 그게 무엇입니까?

진실로 진실로 여러분 사랑합니다~

이것!

이것입니다. 여러분 사랑합니다~

곧이어 「살고 싶으면 명상하세요」에 즉흥 출연한 관객과 배우들의 사랑 체험에 대한 증언 및 고백이 후일담으로 펼쳐집니다.

— 제작자 일동 —

제 3 막

— 제 1 경 —

조명이 무대를 비추면 제주 용오름이 드러난다. 무대 중앙 가장 안쪽에 아름드리 서 있는 우람한 생명사랑나무!
심청 가족들이 아홉 보그로보와 같이 빙— 둘러앉아 있고 그 한가운데로 심청의 여섯 손녀 한누리 한울 한결 한빛 한소리 한샘이 둥글게 앉아 있다.

김하늘 관객들 입소문이 퍼지고 또 퍼지더니 급기야 앵콜요청으로! 아아, 이보다 더 놀랄 일이 있는데 그게 뭘까요? 혹시 아세요? 여기 보그로보가 워커로보를 감동적으로 살려 냈다는 사실이 공중파, 종이신문 지면에 알려지면서 직접 만나러 온 사람들이 너무 많아졌죠! 오늘부터 입구를 일시적으로 막고 접근금지 푯말을 걸었답니다. 그러자 전설적인 스핏로봇 잠시만 만나게 해달라 떠드는 사람이 많아요. 스핏로보, 기분이 어떠세요?

스핏로보 아, 아직 연극 속 워커로보에서 벗어나지 못했…… 마음 아프고 눈물 자꾸 흘러서…….

김하늘 여러분, 소리 없는 격려박수를! (모두들 소리 안 나게 치는 박수가 끝날 무렵) 사이보근 자신이 옷 입었을 때 점점 내가 진짜 처녀라는 확신이 강렬히 일어났다면서요?

사이보그 아가얄, 그것도 너무나 사랑스러운 아가얄 낳아 키워봐

야겠다는 맘까지 생겼죠! 가슴이 남몰래 부풀고 콩닥콩
닥 뛰었죠!

김하늘   이콘보그?

이콘보그   경상도 총각이 "구름에 달 가듯이 스며드는 사랑"을 고
백할 그때 사이보그처럼 나도 가슴이 쿵덕쿵덕 더 심하
게 뛰더니 점점 가슴이 터질 거 같았는데 아아 이게 사는
맛! (감회에 깊이 빠져든다)

김하늘   오핏보그?

오핏보그   그 총각 진짜로 환자….

김하늘   무슨 병?

오핏보그   백혈병… 어, 말기 암환자들이 살아서 떠나는 죽음여행
아시죠? 그 분은 죽음관람, 살아있을 때 마지막 연극관람
을 온 거였어요!

김하늘   병들기 전엔 뭘 하셨대요?

오핏보그   연극배우!

김하늘   공연 후 만난 적이 있나요?

오핏보그   그분에겐 저희 작품이 백혈구 증식작품이었다며, 매우
감사하고 있다는 인사는 소문으로 알고 있어요!

김하늘   역시 가슴 콩알콩알 구르고 있나요?

오핏보그   ……생각, 또 생각이 나면 콩알이 구르는 소리 들려요 아
으, 지금도요 난, 사, 사랑에 빠지면 헤엄칠 줄 모르는 맥
주병인데 이거 크, 큰일, 큰일,

김하늘   고걸 고백하고 함께 더불어 살면 안 되나요?

오핏보그	그, 그러나 나~ 날 싫다! 그, 그럴까 봐 아흐, 이 생각나면 진땀나요. 아으흐, 제발 이 생각부터 없애주세요!
김하늘	도와드릴 때 잘 품으세요, 연출가님?
연출가	예, 모시기 전에 이쁜 아가야도 갖고 싶어…?
오핏보그	아, 아, 사, 사랑 확인하고 사귀면서 그, 그건 좀 천천히…!
연출가	그분을 모시겠습니다!
모두들	(박수)
오핏보그	(미리 일어선다)
총각5	(등장, 수줍어하는 오핏보글 포옹 — 풀고 원형으로 앉는다)
김하늘	아프지 않으세요?
총각5	사랑이 아파요!
김하늘	왜?
총각5	오핏버그가 제 고백을 거부할까 봐…….
김하늘	내친김에 깊은 가슴 속 퐁퐁퐁 터지는 사랑의 옹달샘 서로 마시죠?
총각5	(큰절)
오핏보그	(맞절)
모두들	(감동의 박수)
김하늘	지금도 아프세요? 방금 사랑의 샘물 마셨을 텐데?
총각5	다 나았어요!
김하늘	백혈병 완치증명서는 없나요?
총각5	(품에서 꺼낸 서류) 이것입니다. 여기 보면 완치판정 후 작

은 글씨로 현대의학으론 설명 불가능이라고 적혀 있는데 보시죠!

김하늘　(받아본 후) 사실이군요.

연출가　설명할 수 있나요?

총각5　햇빛 속 햇빛 자체가 사랑이라는 말씀 때, 그 햇빛명상이 마지막 한 번이라도 하고 싶었죠! 이 열망이 순간적으로 일어났을 때 흰빛이 오핏보그를 통해 들어왔어요. 이것이, 바로 이것이 죽어가는 백혈구를 살려 증식시켜 준 거였다는 확신을, 저는 확실히 갖고 있어요. 살고 싶으면 명상하세요. 제가 그 증인입니다!

김하늘　한편의 연극이…! 여러분의 삶은 누구시죠?

모두들　(침묵)

김하늘　침묵의 비밀은 아시나요?

모두들　(침묵)

김하늘　연극에서 워커로보6을 연기한 이는 누구였죠?

연출가　스핏로보

김하늘　스핏로본 처녈 만났죠?

스핏로보　아직!

김하늘　공연 중에 가슴 안에서 쌍무지개 떴어요?

스핏로보　둥근 무지개가 떴어요!

김하늘　둥근 무지개?

스핏로보　네!

김하늘　아름답군요!

스핏로보   (두 손으로 둥근 원을 그리더니) 둥근 무지갤 스승님께 드립
           니다!

김하늘   감사합니다. 저희 관객들에겐?

스핏로보   (일어서서 둥근 원 그린 후 입으로 후우후― 후우우― 불고는) 행
           복하세요~ (앉는다)

김하늘   처널 첨 만난 그 순간 둥근 무지개가 떴어요? 그랬다면
           연출가한테 얻은 그 첫사랑 첫경험은 전부 지워진 건가
           요? 마치 물 위에 새긴 사랑의 고백처럼 그리 된 건가요?

스핏로보   네!

김하늘   연출가에게 미안한 마음도 없이?

스핏로보   아, 아니, 아닙니다. (연출가 향해) 이해해 주세요!

모두들   (고요한 웃음)

연출가   서서히 질투가 난다면……?

스핏로보   여, 여, 여, 연출가님께 사랑 말고 존경 신뢰 고마움은 이
           작품 후 더 많이 생겼어요!

연출가   감사합니다.

김하늘   스핏로보, 둥근 무지개가 언제 떴는진 아직 답하지 않았
           죠? 객석에서 마주한 첫눈! 그때였나요?

스핏로보   아뇨!

김하늘   ?

스핏로보   (울먹울먹) 아직도 그, 그때, 감동 살아있, 어요!

김하늘   (눈물 흐른다)

스핏로보   (눈시울 손부채로 식히며) 으응응, 으응, 으으웅, 그, 그게,

(울먹임 이기려고 볼 악다물기 하더니) 드론이 수백 발 집중 총질할 때 워커로보들이 보호해 줬잖아요. 바로 그때였는데 누군가 밑에서 날 불렀어요. "총각로보6 어딨냐구요? 총각로보6, 내가 뽀뽀해 준 그 사람 어디, 어디, 어딨냐구요오ー" 내 파트너임을 그때 알아차리고 날 알렸죠. 그런데 이분은 진짜 학살사건 현장으로 알고 "죽으면 안 돼 비켜, 내가 널 지켜줄 거야, 비켜 널 왜 죽여, 퍼뜩 빨리 어서 비 비켜, 비켜, 비켜라니까아아앗ー! 이 소린 다행히 총소리에 덮였으나 진실로 진실한 그분 사랑의 절규는 제 가슴 후벼팠었어요!

김하늘   덮어 누르는 힘이 약했다면 작품 실패했을 뻔했군요?

스핏로보   예! 예측불허의 모험상황극이 모험상황 실패로 끝날 뻔…….

김하늘   어떻게 진정시켰죠?

스핏로보   뽀뽀볼이 나야, 나 난, 안 죽어 그냥 있으라니까 내가 이랬는데도 "당신, 죽게 할 순 없어 퍼뜩 비켜라구웃ー" 일어서려는 그때의 그 힘 처녀힘 아니었어요. 엄청 쎈 힘이 날 공중에 띄울 거처럼 위태로웠는데 이때 다른 분들도 비켜, 비켜, 너희가 왜 죽어 비켜, 비켜, 비켜라니까아ー" 꿈틀꿈틀 그랬죠?

보그로보들   그때 정말 힘들었지만 저희들 다 속으로 뜨겁게 뜨겁게 울었어요.

김하늘   (흐르는 눈물 닦으며) 사람은 아름답죠?

보그로보들 사랑이라서 아름다워요!!!

스핏로보 맞아요. 사랑이라서 아름다워요. 여러분은 그때 둥근 무
지개 안 떴나요?

보그로보들 우린 안 떴어요.

스핏로보 어, 엇, 살다 보면 언젠가 뜰 거 알지?

김하늘 옳아요, 그 다음엔?

스핏로보 소리소리 절규하며 일어서려다 갑자기 가라앉는데 아마
도 잠시 기절한 거 같은 느낌이었는데 그녀의 마지막 가
느다란 목소리가 제 영혼을 파고들며 흔들었어요. "총각
로보6 사랑해, 사랑해, 사랑— 해!" 이때 떴어요. 둥근 무
지개!

김하늘 만난 적 없어요?

스핏로보 예

김하늘 보고 싶으세요?

스핏로보 둥근 무지개 안에서 홀로 매일 만나요!

김하늘 그럼 안 만나도 되겠네?

스핏로보 둥근 무지개 속 환영하고요 그분 실물을 맞바꾸고 싶어
요!

김하늘 연출가,

연출가 바로 그분 모시겠습니다!

처녀6 (등장)

스핏로보 (일어선다)

처녀6 (가슴 한복판에서 두 손 사랑표 쭈욱 뽑은 다음 크게 둥근 무지개

그려주자)

스핏로보 (따라 응답 서로 껴안는다)

연출가 이젠 풀고 앉으셔야 내 맘이 좀…… (두 사람 자리에 앉는다)

김하늘 그것이 연극 무대인 줄 몰랐어요?

처녀6 몰입되어 연극상황이 내가 처한 현실로 바뀐 거, 그것도 완전히 바뀐 거였어요. 순간, 연극상황은 피할 수 없는 나의 생활 한복판으로 변해 버렸고, 실체적 주체로 인식되어 여태껏 내 속에서 잠자던 절대순수행동이 억제할 수 없는 힘으로 넘쳐난 거였죠. 마치, 휴화산이 어느 날 활화산으로 폭발 용암을 분출하듯이―! 다시 한 줄로 말씀드리면 연극상황이 내 현실이었고 동시에 진실로 생생한 사실이었죠. 저희들 중에 어느 누구도 대본을 알고 등장한 사람은 아무도 없었으니까요!

김하늘 발 뒤꿈칠 들고서 스핏로보한테 볼뽀뽀 그때도 진실로 생생한 사실에 뿌리내린 고백이었나요?

처녀6 예, 정말 이분들 잘못 없고 순수하고 헌신적이잖아요!

김하늘 둥근 무지갠 언제 떴었나요?

처녀6 그건 황홀!

김하늘 언제?

처녀6 우릴 덮어 보호해 줄 그때 떴어요. 둥근 무지개! 지금 떠 있는데 안 보이세요? 그 안에 스핏로보 앉아계셔요!

김하늘 오 둥근 무지개!

처녀6 이 둥근 무지개 뜨면서 이분들 오직 내가 살려야 한다.

오직 이 생각밖엔! 오롯이 이분에 대한 사랑자체 행동만 일어난 거죠. 내가 죽어 이분 살려내야겠다는 그 생각이 최후의 힘으로 솟아오른 거였죠. 위에서 누르는 힘이 너무 강해 내가 아뜩하게 무너지면서, 총각로보6, 사랑해, 사랑해, 사랑— 해…… 혼신의 힘을 다해 속삭인 거까진 기억나네요!

김하늘   아 마지막 혼신의 힘, 다하여 속삭인 그 진실한 말씀이 아름다운 둥근 무지갤 띄워줬대요!

스핏로보   (합창)

김하늘   지금 남자들이 감동받아 그댈 우러러보는 거 느끼나요?

처녀6   절 움직이려면 스핏로보보다 더 영적 진보한 순수자체라야…… 움직이겠지요…… 아무리 그래도, 스핏로보가 저를 움직이게 하는 거와, 어찌 견주겠어요? 자발적으로 익어들게 하는, 영적 사랑과 어찌 비교하겠어요? 어떤 상황 속에서도 거래하는 사랑이 아니고, 구걸하는 사랑도 아니고, 스스로 헌신적 사랑! 스스로 무궁무진무한한 사랑! 스스로 다 주고도 더 줄 것 찾는 사랑! 스핏로보는 동료들과 늘 함께 더불어 실행하잖아요!

스핏로보   (엄지손가락 세운다)

처녀6   (따라 엄지손가락 세우며) 사랑 없이 지금도 살아있다면, 그건 산송장이지 사람 아닌 거죠. (다시 더 엄지손가락 세우며) 사랑으로 살아야 비로소 사람이죠!

김하늘   기계인간이 공연한 이번 연극으로 사람이 사람에 대해

자칫 혐오감을 일으키진 않을까요?

처녀6　사람을 혐오하는 건 일종의 질병이지만 의로운 삶과 의롭지 못한 삶에 따라 의로움이 사랑의 힘과 하나 되어 분노하는 건 사랑의 적극적 표현, 아닐까요?

김하늘　기계인간에게 인간이 저지른, 비록 사람을 두 명 밟아죽였어도 드론을 동원한 그 학살은 결코 의롭지 못했나요?

처녀6　이런 학살을 사람들이 받아들인다면 악이, 악의 평범한 일상화로 자리매김되고, 사람 생활은 짐승보다 못한 삶으로 퇴행…… 굳이 상상력을 끌어모으지 않더라도 지옥, 그것도 생지옥이 바로 떠오르죠? 그렇죠?

김하늘　세상 사람들이 전반적으로 다 의롭지 못한가요?

처녀6　일부 사람들이 아직 그러죠.

김하늘　구체적으로?

처녀6　몰지각한 사람들, 삶에 대한 자각을 방치하여 오히려 무지를 자랑삼는 사람들, 물질적 부만이 성공인 줄 알고 갑질을 추종하는 사람들, 영성이! 잔인한 자본사냥꾼의 올무에 묶여 있는데도 영성해방세상을 추구하지 않는 사람들, 이런 사람들한테는 의로움이 사랑의 힘과 하나가 되어 저항해야 하는 것이죠!

김하늘　그럼 기계인간이 사람을 밟은 건 정당한가요?

처녀6　원인제공자가 전적으로 사람일 땐 그 정정당당성은 확보되는 것이죠. 원인제공자가 사건의 일차적 책임자니까요!

김하늘   좀 더 보충한다면?

처녀6   동물 생태학자 제이슨 라이벌의 논문을 본 적 있는데 이
        겁니다. 2010년에 발표된「동물행성의 공포 : 동물들의
        숨겨진 저항의 역사」라는 논문입니다. 2007년 미국 샌프
        란시스코 동물원 사자가 울타리에 갇혀서, 수년간 주는
        먹이에 의존한 채 살았는데 어느 날 젊은이 세 명이 먹일
        던져주며 놀렸죠. 바나나 먹어라. 야유를 보내기도 하
        고 맹수의 왕이 개보다 못하게 쯧쯧, 비아냥을 보내기도
        하고, 그 순하게 갇혀 사는 순둥이 사자 타티아나가 으르
        렁— 첫 경고음을 짧게 던졌어요. 그러자 이 젊은이들은
        더 신명난 듯 과자도 던져주고 닭다리도 던져주고 더 이
        상 줄 것이 없으니까 손짓 발짓으로 욕질을 하고 사라지
        는데 갑자기 순둥이 사자 타티아나가 사미터나 되는 높
        은 울타릴 타고 넘어 자신을 주도적으로 놀린 젊은이 한
        명은 즉사시키고 두 명한테 부상을 입혔죠. 남녀노소 수
        많은 구경꾼이 모인 세계적인 샌프란시스코 동물 대공원
        인데 자신을 비웃은 못된 그 젊은일 표적 보복하고 그렇
        잖은 사람은 손끝 하나 건드리지 않았던 사건이었죠!

김하늘   사자는 어찌 됐죠?

처녀6   사람을 죽였으니까 그 죗값은 총살형…… 연극과 거의
        닮은 꼴이죠?

김하늘   실제 사건?

처녀6   2007년에 미국 샌프란시스코 동물원에서 일어났죠. 사

람이 자각할 건 맹수가 이름만 맹수지 맹수가 아니라 의로운 영적 생명체임을 순둥이 사자 타티아나가 분명히 보여줬어요. 그건 용납치 못한다고! 사람들은 어떻습니까? 악플보다 더 참을 수 없는 건 무플이라 주창하면서 선플보단 악플을 더 옹호하게 하는 세상으로 가고 있으니…… 만약 순둥이 사자 타티아나처럼 사람이 그런 입장일 때 과연 사자처럼 해결하는 게 가장 올바른 것일까요? 악플사람은 말이 사람이지 사람 아니잖아, 훌쩍 월담하여 표적 보복한다면 그 행위는 의로운 행위일까요?

김하늘 자기성찰을 깊이 있게 요청하는 질문이 제기됐어요. 네? (귀 기울임) 네에에─ 마스크한 채 피켓시위해야 한다구요. "죽고 싶으면 악플하세요" 어떠세요?

처녀6 전 이 피켓을 들겠어요. "살고 싶으면 명상하세요."

김하늘 동의하면서 묻겠는데요. 스핏로보가 연극 속 배역과 동일인물로 보입니까?

처녀6 말이 맹수이지 맹수가 아니듯 말이 기계인간이지 기계인간이 아닌 게 스핏로보와 그 동료들입니다. 요즈음 사람들 거의 다 놓치고 사는 영성이 그들에겐 살아서 흐르고 있어요. 그 영성이 제게로 스며들어 진실을 느끼게 하므로 동일인물로 보여요. 앞으로도 악역은 맡지 않았으면 좋겠어요.

김하늘 혹시 결혼하고 싶으세요?

처녀6 여기 올라오기 전 대기실에서 연출가에게 또 들었는데 연극 처음 제목이 '죽고 싶으면 결혼하세요' 그래도 결혼하고픈데 스핏로보가 받아들일까요?

스핏로보 죽고 싶지 않아요 저는!

처녀6 보세요 스핏로보의 영성은 이 정도로 성숙해 있다니까요.

스핏로보 사랑을 감금하지 않는 결혼이 뭔지는 아시죠?

처녀6 뭐죠?

스핏로보 연애 뿐! 둥근 무지개 후로 이런 확신이 생겼는데 어떠세요?

처녀6 (마주 보며) 그래도 당신과 결혼하고 싶어요!

스핏로보 (깊은 눈빛) 연애를 결혼이라면 OK!

처녀6 뭐죠. 연애와 결혼의 차이?

스핏로보 연애는 춤 詩이고 결혼은 딱딱한 논문이니까요!

모두들 (박수갈채)

스핏로보 아, 어, 엇, 이, 이리 좋은날 괴물같은 그 드론이 왜 떠오르죠? 떠오를 때마다 속에서 전류거품이, 전류거품이, 부우웅— 부우웅— (방귈 뀌자 시민들 다섯 분이 일제히 핸드폰 꺼낸다)

시민들 (아주 낮게) 여기 명상실이니 끊어! (뚜껑 닫고 주머니에 도로 넣는다)

스핏로보 (다시) 부우웅— 부우웅—.

시민들 (퍼뜩 꺼내어) 끊으라니깟! (동시에 베터릴 분리한 다음 품에 넣는다)

모두들   (박장대소)

시민들   (어리둥절)

김하늘   이 둥근 원형 안에 누가 있죠?

모두들   심청의 여섯 손녀!

김하늘   당신의 삶은 누구십니까?

심청손녀들   (합창) 육체가 나? 내 이름이 나? 돈이 나? 나는 누구? 이
           삶은 누구십니까?

김하늘   누구십니까?

심청손녀들   (침묵)

김하늘   누구십니까?

심청손녀들   (침묵)

김하늘   누구십니까?

심청손녀들   (합창) 우리는 한송이 연꽃!

김하늘   세계도 한송이 연꽃! (줄곧 원형을 유지시킨 사람들이 일어서
         자 큰 분홍 연꽃잎으로 변한다. 심청의 손녀들이 연꽃 속 꽃심으로
         솟아오르더니 맑고 밝은 광명천지, 진동하는 꽃향, 알고 보면 우리
         사는 세상이 한송이 연꽃 이것! 이것이 지금 여기! 지금 여기가 형
         상을 지어 화알짝 연꽃 절정을 이룰 때 객석으로까지 꽃비가 내리
         고 떠오르는 둥근 무지개! 아주 서서히 서서히 조명 꺼지면서 내리
         는…)

                                                      － 막 －

심청 손녀들이 판 갈다

등장인물

한누리(청일의 맏딸 40세)
한울(청일의 둘째딸 40세)
한빛(청일의 셋째딸 40세)
한샘(청이의 맏딸 40세)
한결(청이의 둘째딸 40세)
한소리(청삼의 외동딸 40세)
남학생들
여학생들

제 1 막
— 제 1 경 —

막이 오르면

2075년 전국적으로 설립 가동되는 학원문화재단 흰빛대학.

서울 한복판으로까지 진출, 문을 연 삼월 첫학년 첫학기 첫특강 시간인데 학생은 모두 153명. 이들은 전부 자살미수생이다. OECD회원국 중에 십수년간을 자살 일등국 지위를 누리는 나라가 바로 대한민국. 이 나라 국적을 가진 사람으로 연령이 십칠세 이상 육십구세 이하여야 하고 단 자살미수 경력이 없으면 무조건 탈락이다. 이렇게 뽑힌 학생을 상대로 교육이 펼쳐지는데 일반교육과정과 비교할 때 특이점은 첫째, 생동감이 넘치고 둘째, 언어를 사용하되 언어를 넘어서게 해주고 셋째, 지금 여기 현존 자체를 향해 진행되는 점이다.

생각들이 일으키는 언어인지, 언어들이 일으키는 생각인지 가릴 거 없이 둘 다를 태워버린 그 재 속에서 한 마리씩, 한 마리씩, 불사조가 태어나는데 그 불사조가 바로 우리 자신임을 가리키는 흰빛대학 강연장 응접실같은 교탁.

한소리	왜 자살을 시도했었죠?
남학생	이 나이는 노인대학에 입학해 강의 중 으아억 하품이나 해댔어야 어울릴 텐데…….
한소리	하늘 우러러 한점 부끄럼 없이 살자, 이것이 자식들에게 내려준 가훈이었다면서요?

남학생	예!
한소리	부끄러워서 자살을?
남학생	어느 시인이 노래한 시 아시죠?

"이십대엔 손 안에 돌멩이를 붙잡았고
삼십대엔 손 안에 아내를 붙잡았고
사십대엔 손 안에 자식을 붙잡았고
오십대엔 손 안에 나를 붙잡고 놓아주질 않다가"
육십대엔 내가 누구인지 왜 사는지를 몰라 답답하고 우울해… 결국 자살 쪽으로 갔죠. 자살하기 전에 몇 번이나 자살자살자, 살자살자살자로 바꾸며 버티는데…….
2015년 쯤인데 일본이 평화헌법을 파괴하고 자위대를 각국에 파견할 수 있는 내용의 전쟁헌법이 통과되었죠. 이걸 안방뉴스로 사나흘간 보도해 주는데 (갑자기 침묵)

한소리	우세요?
남학생	너무 울어 눈물샘 말랐을 텐데. 또 울컥울, 컥.
한소리	그 뉴스에 왜 울컥증이?
남학생	아들 세놈이 동시에 환호했는데 이 환호성이 결정타였죠.
한소리	그 환호성이 뭐였죠?
남학생	와우~ 대한민국 위태로우면 일본이 우리나라 지켜주겠네 와우~.
한소리	그거였,
남학생	(탁자 탁 타악 탁 치며 일어서서) 이놈드을ㅡ! 내, 내가 유기견

들 한테 교육을 시켰어도, 이 꼴은 아닐 거야. 뭐? 뭐어? 와우~ 일본이 우리나라 지켜주겠네 와우~ 마치 우리나라가 와우 아파트처럼 와우쾅쾅 무너지는 거 같았죠. 유사 이래 두 번째로 우리가 일본의 식민지로 되는 거 같았죠. (침묵의 눈물)

한소리   (함께 운다)

남학생   대통령의 여동생이 남북친교보다 친일쪽으로 정책방향을 신속정확히 바꿔야 우리나라가 다시 잘 살 수 있다는 듯이 일본의 언론이 먼저 보도한 거 있었죠? 위안부 문제는 한일국교정상화 때 아버지가 해결한 것이니 재론치 말고 오직 친일강화쪽으로 틀어야지, 언니는 대통령이면서 도대체 뭐하는 거냐, 질책성 인터뷰 기사였죠?

한소리   (끄덕끄덕)

남학생   원자탄 한방이 식민정국을 풀었으나 참 안타깝다는 생각이 지금도 사라지질 않네요. 김구의 독립운동으로 식민해방을 일굴 수 있었는데 말이죠…… 이 분통도 아직 안 삭고 있는데 와우~ 일본이 우리나라 지켜주겠다며 내 자식놈들이 와우~ 이 지경이니… 건국정신은?

한소리   (한숨)

남학생   죽은 호랑이보다 살아있는 개가 낫다는 말이 있지만 식민정신으로 사는 건 개보다 못하죠. 제자식이지만 식민정신을 소유한 내 새끼들은 똥개보다 못한 거죠. (침묵) 우리나라 진돗개 있죠? 주인과 멧돼지 사냥하러 산속 깊이 들었다가 그만 호랑일 만났대요. 진돗갠 주인의 응원 소리에 달려들어 맞싸웠는데 점점 호랑이한테 밀리는 걸 보면서 살살 응원을 접고 홀로 하산했대요. 식은땀을 흘리며 자고 있는데 창호지 문살을 뚫고 들이닥친 진돗개는 주인의 목살을 단숨에 끊어버리고 산속 깊이 들어갔대요. 이 진돗개가 하얀 호랑이, 백호가 되어 맹수의 왕 중왕이 되었대요.

한소리 주인을 급습해 죽이다니 왜 그러죠?

남학생 자신을 호랑이한테 던져두고 도망간 주인이 주인이냐는 거였죠. 이에 비해 난 죽을 힘 다바쳐 자식들 키우느라 이렇게 꺼칠꺼칠 늙었는데…… 이 이야기가 떠오를 때마다 내가 자식들을 진돗갠, 고사하고, 똥개보다 못한 미친 개로 키웠구나 이 자책감이 계속 괴롭혀… 아으.

한소리 자식들이?

남학생 하루는 술에 취해 잠이 든 깊은 밤이었는데 자식들의 모의작당소리가 묘하게도 내 귀로 또록또록 파고 들어와 새겨지는데… (침묵)

한소리 뭐라고?

남학생 일억이 넘는 아버지 재산을 각자 나누어 갖도록 하고 적당한 때에 아버질 처리 응? 이때 술이 확 깨면서 등줄기론 식은땀이… (침묵)

한소리 자칫 그날 사건이 날 수도?

남학생 그랬다면 이 대학 흰빛 속에 들지 못했을 수도…….

한소리	그 다음엔?
남학생	깨달은 바, 일억 재산을 사회복지재단에 고요히 기부를 하고 자식농사를 바르게 이루려 노력할수록 더 삐딱하게 대응하길래 수면제 백여 알을 털어넣었죠.
한소리	깨달은 바라고 하셨는데 어떤 깨달음이었죠? 앉으시죠?
남학생	(앉는다) 암으로 먼저 떠난 아내의 빈 자리에 내가 자식 담당교사 역할을 수행했어야 했는데 그렇게 못했죠. 돈벌이 위주의 세상법을 기준으론 성공하였다고 한때, TV 성공시대 주역으로 이름도 날렸으나 이게, 이게, 자식농사 실패시키고 성공한 거였구나, 이걸 깨달은 거죠! 즉시 일억 기부로 이어졌고, 이런 애빌 자식들은 비웃으며 기부 취소하라고, 조직적으로 졸라대 살맛 완전 잃어버렸죠.
한소리	(A4용지에 제법 긴 시간 뭔가 적다가) 혹시 조상으로부터 동학혁명 이야길 듣고 자랐는지요?
남학생	예.
한소리	일본의 전쟁헌법이 우리나랄 언젠간 또 일본의 식민국으로?
남학생	가족은 민족이고 민족을 사랑할 줄 모르는 이는 하느님이 보우하사 우리나라 만세를 사랑할 줄 모르는 것이죠. 궁정이 권력유지에 미쳐서 일본을 초빙, 우리 농민을 많이도 죽였잖습니까. 사랑과 정의는 놓쳐도 권력은 안 놓친다는 정치통속법은 지금도 여전한 전통으로 이어져 오는데 다만 질이 조금 다르죠.

한소리	다르다니요?
남학생	부정부패불의는 참아도 불이익은 못 참는다는 것이 다르잖아요.
한소리	자식들은?
남학생	무소식이 희소식.
한소리	또 자살할 마음이?
남학생	자기의 생명을 사랑하는 자는 죽을 것이며, 자기의 생명을 미워하는 자는 영생케 하리라! 자식농사 실패를 통감하여 내 생명 미워하며 자살을 시도했는데 이렇게 살았으니…….
한소리	자기의 생명을 사랑하는 자는 죽을 것이며 이 말씀은, 아까 진돗개가 물어죽인 주인같잖은 주인삶살이를 말한 것이고, 자기의 생명을 미워하고, 미워하고, 미워해, 호랑이한테 필사적 싸움으로 이긴 진돗개는 영생하여 지금도 우리 가슴을 후벼파잖아요. 비열 비굴 비겁이 뭉치면 천박한 삶이 되어 주인같잖게 살다가 물려죽고, 생즉사죠. 진돗개처럼 살면 사즉생에서 사즉영생으로까지 승화되어 전설의 백호, 맹수들의 왕중왕 백호로 자리매김하잖아요.
남학생	죽은 호랑이보다 살아있는 진돗개 백호가 훨씬 낫지만, 똥개나 미친개같이 살아있어도 죽은 호랑이보다 나은가요?
한소리	그럼요, 하느님이 우리 민족을 놓치지 않으시고 하느님

이 사람생명을 사람보다 더 무한정 사랑하시니까요!

남학생   흰빛 학생의 본분사를 잊고 다시 자살을 시도하면 퇴학인가요?

한소리   (A4용지에 쓴 글을 들고 서서 나눈다)

남학생   (받는다)

한소리   제목은?

남학생   새로운 서시.

한소리   몇 연으로 구성되…….

남학생   여덟 연인데 이 시가 내 질문에 대한 답변시인가요?

한소리   네에~.

남학생   윤동주 서시를 새롭게 살린 시죠?

한소리   네에~.

남학생   퇴학당하지 않도록 하는 참생명력이 이 시 속엔?

한소리   네에~. 제목은 학생께 먼저 하고 이어 첫연은 내가 낭송, 둘째연은 학생께 이렇게 사이좋게 낭송하고 나면 내 확답이 거짓말 아님을 경험할 테니 시작할까요?

남학생   새로운 서시.

한소리   흰빛을 분리하면 무지개
          무지개 통합하면 흰빛
          어머닌 지구를 무광으로 품으셔
          별이 바람에 스친다.

남학생   동주야,
        핏빛 단풍 일본은 여태껏 기다려
        전쟁광 나라답게 이웃나라 피칠 준비
        그 이름 일장기에 미국도 단풍신세.

한소리   얼갈이 배추 먹고 얼갈아라 미국아
        미친 백악관이 태양은 하나라며
        반성없이 일장기 휘날리게 하더니
        분단고착 역사쿠데타 우리나라 따라가네.

남학생   일본한테 동학학살 요청한 역사 살려
        반민주법 철폐시위에 아베아베 부를 텐가?
        참민주 횃불 밝혀 참세상 이루는데
        자위대 아베아베 목터지게 부를 텐가?

한소리   애비의 배면계약 독도는 일본땅
        과거역사 들통나도 아직은 괜찮다
        평화통일 이룩해 일본은 우리땅
        백제인들 일궜으니 일본은 우리땅

남학생   남북이 합친 참힘 못이룰 게 무어냐?
        째째하게 굴지 말고 한꺼번에 바로잡자
        독도는 일본땅 일본은 우리땅

식민배상 통째 보상 일본은 우리땅

한소리   통일무지개로 온세상 설레이게
         통일무지개로 온우주 아름답도록
         어머닌 지구를 무광으로 품으셔
         별이 바람에 스친다.

남학생   하늘 우러러 한 점 부끄럼 없기를
         바람이 별 스치는 거 용납치 마라
         별이 바람에 스친다. (입술 깨물며 울먹울먹)

합송   하늘 우러러 한 점 부끄럼 없기를
         바람이 별 스치는 거 용납치 마라
         별이 바람에 스친다.

한소리   (글씨없는 A4용지를 새하얗게 들고) 이것이 무엇입니까?
남학생   흰빛!
한소리   (그 용지를 젖가슴 안으로 넣고서) 이것은 무엇입니까?
남학생   어머니!
한소리   (두 팔 펴더니) 오세요,
남학생   (운다)
한소리   (두 팔 펼친 채) 오세요,
남학생   (운다)

한소리	(펼친 그대로) 오세요,
남학생	(울며 선 채로) 바람이 별 스치는 거 용납치 마라.
한소리	(운다)
남학생	(운다)
합송	(울먹이며) 별이, 바, 람에 스, 친, 다— (서서히 꺼지는 조명)

— 제 2 경 —

조명 밝아오면

제1경과 동일한 응접실 교탁.

한샘	(A4용지에 뭔가 쓰고 있다)
한결	(A4용지를 이리저리 보고 있다)
여학생	(A4용지를 보면서) 자살동기를 밝혀야 하나요?
한샘 · 한결	네에—.
여학생1	왜 이리 늦게?
한샘	(귀 기울임)
한결	(무슨 소릴 들었는지) 오고 있어요!
여학생2	(등장, 슬로비디오로 걸어오고)
여학생1	(1인2역) 야, 야아, 저기 달 떴어 달 봐!
	무슨 달?
	전직은 청계천 상인이었고 현직은 비정규직의 딸, 짜샤

그 달!

우— 삼삼하다~ 밝네~

먹을래?

독점할꺼야!

웃겨, 단독 드리블은 내 주특기인 거 몰라?

어, 어, 한 딸 더 우아 더

휘영청 달사그레 어휴 침 넘어가네~

짜샤, 그거, 너 가져 웅?내꺼

첫달!

얼마면 될까?

비정규직 달은 사탕값, 정규직 달은 알아?

몰라! 뭔데?

명품옷 한짝이면 공중곡예처럼 붕붕 날려준다더라 짜
샤,

그럼 저 두 달은 사탕값?

여학생2   (퇴장)

여학생1   (독백) 천하에 덜된 놈들!

여학생2   (등장. 무대 안쪽에 앉은뱅이처럼 앉아있더니 詩…… 한 사람 살아
          오는 그 기적에서 슬로비디오로 일어선다. 시 운율과 표현에 어우
          러지는 몸 흐르미가 때로는 분수처럼 때로는 강처럼 흐르고)

여학생1   사랑이 와서.

          뒷산을 떼어 앞바다 메꾸는 건

철부지들 장난감처럼 쉬운 일 그러나,
사랑이 와서
사람으로 사는 일 힘들고 어려워
살아내면 이것이 기적 중 기적.
그 기적 보아요.
한 사람 살아오는 그 기적을 보아요.

꿈덩어리 짧은 나이에
눈물과 기쁨으로 얼룩진 그 사람을
흰빛 수건으로 흰빛 대학이
품어 닦아 줘 이제 그 삶
그 삶이 일어서고 있어요.

한 사람이 일어서는 건
우주전체가 일어서는 일.
한 사람이 살아나는 건
우주전체 사랑이 살아나는 일.
이 목숨 함부로 버릴 수 있나요?
이 생명 입맛대로 뱉을 수 있나요?

먼지보다 먼저 햇빛이
햇빛보다 먼저 사랑이
사랑이 와서 사람으로 사는

그 사람이 지금 여기 오고 있어요.

그 사랑이 지금 여기 오고 있어요.

여학생2   (나란히 앉는다)

여학생1   (운다)

여학생2   (위로해 주려고 자릴 바꿔 앉고 또 바꾸고 또 바꾸고)

여학생1   (슬픔이 다소 사라지는 듯)

한샘   쌍둥인지라 나란히 앉으니 누가 언니? 누가 동생? 잘 모
          르겠군요.

한결   맞혀 볼까요?

여학생1·2   네.

한결   오른쪽이 언니.

한샘   난 그 반대.

여학생2   오른쪽이 언니 맞아요.

한결   맞혔으니까 이제 질문 좋아요?

여학생1·2   네에~!

한결   아까 그 덜된 놈들이 아버지의 전직을 청계천 상인이라
          고 했는데?

여학생1   이명박 서울시장 시절에 청계천 상인을 설득해 송파구
          신축 빌딩상가로 몰았죠. 철거조건도 괜찮고, 신축상가
          를 중심축으로 인구유입정책을 현실화하면 좋을 거라는
          꼬드김에 넘어갔죠. 이렇게 저희 아버지도 철거도장을
          찍어줬대요. 십수년이 지났고 지금도 인구유입정책은 속

임수였다며 가슴치며 후회하고…… 송파구 신축상가에
입주한 청계 상인들은 장사가 안 돼, 여러 명 경매로 자
빠지고 망하면서 뿔뿔이 흩어져…… 굶어 죽을 수는 없
으니까 비정규직으로 자식들을 키워내고 있대요.

한샘 그런 부모님을 두고 자살이라뇨?

여학생2 불효…….

여학생1 상처난 생살에 소금을 뿌리는 불효였죠.

한결 수면젤 과다섭취?

여학생2 밤에 강가에 가서 전깃줄과 빨랫줄로 언니랑 나랑 꽁꽁
묶고 서로 꽝꽝 조이고 조여서 한 팔로 큰 그물을 뒤집어
쓰고 미끄러지듯 강물 속으로 빠졌죠.

여학생1 숨이 막혀 몇 번이나 몇 번이나 이 고갤 물 밖으로 뽑아
숨을 쉬면 이내 폭 가라앉고 이걸 너댓 번 반복했는데 그
때 동생이 고갤 뽑아 한 마디 내지르대요.

한샘 뭐라고?

여학생1 언니야, 그렇게 살고프면 왜 이랬어 응? 그냥 죽자구웃—

한결 그리고?

한샘 동생이 더 모질어…?

여학생1 아뇨 동생은 또 고갤 내밀어 외쳤어요. 풀어 줄테니 언니
나가, 사랑해— 여기까지 말하고 기절한 거 같았어요.

한샘 기억나세요?

여학생2 한 번 소수점은 영원한 소수점! 한 번 결심은 영원한 결
심! 이 문장이 반복적으로 속삭였으나 동시에 언니에 대

한 연민도 솟아 밧줄 그물을 벗겨 언닐 살려주려고 막 몸 부림친 거까지는…….

한결　어디까지?

여학생1　난 더 말했죠. 두 번!

한결　뭐라고?

여학생1　나도 사랑햇!

한샘　또 한 번은?

여학생1　끝까지 함께 할꺼얏! 이 다음부턴 기억이… 눈 떠보니 병원이었죠. 아직 동생은 죽은 듯 자고 있더군요. 부모님은 울고 계셨고…… 밤 낚싯꾼한테 발견되었다고…….

한샘　자살동기는 아직?

여학생2　두 남학생은 경제력이 꽤 괜찮고 한놈은 그 아버지 이름만 대면 전체국민이 다 아는 권력가의 아들이었죠. 언니야 말해도 돼?

여학생1　우릴 겁탈하려고 폭력을 사용했지만 우린 정복당하지 않았어요. 강제키스 땐 상대의 입술을 깨물어 버렸고 아, 아, 아, 아래, 로, 손, 손, 내려올 땐, 잽싸게 몸 뒤집어버리고.

여학생2　(절규) 그만, 그만해, 언니얏!

한샘　쉬잇― (침묵) 그 후?

여학생1　집단협객들이 나타나자 부랴부랴 이 짐승들은 도망쳤어요.

한결　집단협객이라니? 어찌 알고?

여학생1   산행 나온 등산객이 그 산기슭 가장 가까운 검도관을 찾
　　　　　 아가 도움을 요청했대요.

한샘　　　 그 후론 괴롭힘 이어졌나요?

여학생2   예.

한샘　　　 어떻게?

여학생2   돈으로 사람을 매수해 SNS에다 악플공격을 감행했는데
　　　　　 이게 저희들을 자살결심으로까지 몰아간 결정타였죠.

한결　　　 내용?

여학생2   달을 먹었는데 참 맛 있더라! 두 달 중 하나는 내가 먹었
　　　　　 는데 한 마디로 끝내주는 밤이었어! 즉각 거짓임을 밝혀
　　　　　 내는 진술서를 올렸는데 이것이 함정이 될 줄은……!

한샘　　　 함정?

여학생1   진술서를 근거로 댓글이 도배를 하는데 말하자면 쌍둥이
　　　　　 라서 쌍둥일 똑같이 뱄을 거다! 등교 땐 복대 꽉 싸맸을
　　　　　 텐데 이건 태아학대죄 아닌가요? 우리나라 고교는 아이
　　　　　 를 낳게 하고 육아휴학이 끝나면 아가야와 함께 등하교
　　　　　 를 허락하고 동시에 전문보모가 관리하는 유아 수용시설
　　　　　 을 갖춰줘야 한다! 등등.

한결　　　 쓰레기밭에 한송이 장미꽃처럼 고교인권복지 방향의 꽃
　　　　　 송이도 보이는데요, 어땠어요?

여학생2   진실한 사실 즉, 사랑의 결실로 만약 임신한 여고생이 있
　　　　　 다면 그건 좀 괜찮겠다 싶었죠.

여학생1   그야말로 그 글은 군계일학이었고요. 사실도 아닌데도

상상적 망상을 자신들이 만들어 그걸 신앙처럼 믿으며 도덕군자, 사이비 성자로, 일침씩, 찌르는데 아웃, 마침내 악플 문화유전자가 나의 천연유전자를 변형시키는데, 첨엔 저것들 다 죽이고 나도 죽자였어요. 그러다가 아니다. 이성적 능력으로 최선의 노력을 바쳐서 풀어나가자, 이거였죠.

한샘   무엇?

여학생2   악플공격은 조직적으로 확장되어 백로는 까마귀가 된 시점이었죠. 그래도 우리는 혼불로 칠대 권리선언서를 올렸는데…….

한샘   칠대권리선언서?

여학생1   《우리 고교생이 누려야 할 칠대권리선언서》

1. 알아주지 않을 권리.

2. 잊혀질 권리.

3. 대꾸하지 않을 권리.

4. 입시공부하지 않을 권리.

5. 정욕을 위해, 악플을 위해 자유를 쓸 땐 출교시킬 권리.

6. 때때로 아무것도 하지 않고 고독을 누릴 권리.

7. 자살할 권리.

한결   지금도 유효한가요?

한샘   그런가요?

한결   왜 말 않죠?

한샘	제3항, 대꾸하지 않을 권리를 행사 중인가요?
한결	제6항, 아무것도 하지 않고 고독을 누릴 권리를 실행하나요?
한샘	잊혀질 권리를 침묵으로 주장하면서 저희를 잊어달라는 건가요?
한결	그런가요 네?
한샘	더 추궁하면 제7항, 자살할 권리를 다시 행할 건가요?
한결	우리도 고독으로 응수할까요?
한샘	(침묵)
한결	(침묵)
한샘	(운다)
한결	(운다)
한샘	그 후?
여학생1	(눈물 닦으며) 악악플플!
여학생2	(소리나게 엉엉) 가족 그리고 여친들까지, 돌연변이, 되, 어, 엉엉— 저흴, 의, 심, 하고 죽어, 주기로 결심…!
한샘	지금 여긴 어디?
여학생1	흰빛대학…….
한결	신분은?
여학생1·2	흰빛 대학생…!
한샘	고교생이 누려야 할 칠대선언서를 우리들의 흰빛대학 칠대선언서로 바꾸면 삶이 좀 살맛나지 않을까, 어때요?
여학생1	(고민)

한결	응락하자마자 즉각 실현되니까 생명창조기처럼! 응락을, 감동협객처럼! 의협적 응락을, 머리는 가고 가슴으로! 응락을,
한샘	그만 둘까요?
여학생1·2	응락합니다.
한샘	흰빛대학생이 누려야 할 칠대권리선언서!
한결	1. 알아야 할 권리.
한샘	2. 기억해야 할 권리.
한결	3. 대꾸하되 균형조화로울 권리.
한샘	4. 인생이 진리자체로 살 권리.
한결	5. 정욕과 악플에다 자유를 쓰면 출교시킬 권리.
한샘	6. 아무것도 하지 않고 고독만 누릴 권리.
한결	7. 살려줄 권리.
여학생1·2	감사합니다!!
여학생1	제2항에서, 무얼 기억해야?
한샘	첫째, 만년설로 비유되는 흰빛! 둘째, 인류의 역사! 인류의 역사는?
여학생	악몽 같은 식민국, 6.25, 아우슈비츠, 세계대전, 석유전쟁, 온갖 테러, 남북분단, 악플, 그리고 자살…!
한샘	역사는 악몽중이죠?
한결	악몽에서 해방은?
여학생1	꿈 깨!
한샘	옳아, 그거야! 꿈 깨지 못하면?

여학생1·2 반복될 가능성이 높습니다.

한샘 되풀이되는 악몽세상은 끔찍한 세상이죠? 예방하려면 만년설인 흰빛에 대한 기억력으로 악몽을 깨트리는 것이죠.

한결 내가 진실로 고독할 때 나는 진실로 고독하지 않다는 어느 철학자의 이 표현을 경험한 적 있나요?

여학생2 외로움이 사라졌어요.

한샘 누굴 만났나요?

여학생2 네.

한샘 누구?

여학생2 누구랄 것도 없이 텅빈 만족스러움이었어요.

한결 언니도?

여학생 예.

한결 왜?

여학생1 왜랄 것도 없어요. 이땐 고독하다 또는 고독하지 않다 이 표현도 잡념이예요.

여학생2 순수 무잡념 흰빛 만년설!

여학생1 매미소리와 만년설 흰빛!

한샘 그럼, 내가 진실로 고독할 때 나는 진실로 고독하지 않다는 키에르케고르의 이 고백은 잡념인가요?

여학생1·2 예.

한결 그럼, 고교생 권리선언서에선, 때때로 아무것도 하지 않고 고독을 누릴 권리라 했는데 그땐, 왜 명확한 절대선언을 하지 못했나요?

여학생1　예, 그럴 수밖에…… 고독이 제공한 완전한 만족감을 그 당시엔 경험치 못하고 생각으로만 고독, 이 단어를 사용했으니까요.

한샘　아무것도 하지 않고 고독만을 누릴 권리! 이 표현은 만족할만한 표현이며 받아들이나요?

여학생2　아무리 완벽한 표현이라 해도 표현되고 나면 고독이 많이 다쳐요.

여학생1　그러니까 고독 자체로 사는 게 가장 고독다운 고독이죠. 이럴 때 영광의 만년설, 흰빛이 드러나는데요, 이 속엔 진실로 자살타살도 없고 좋다싫다도 없는 전체적인 홀로뿐이예요.

여학생2　쪼개지지 않고 그 누구도 쪼갤 수 없는 절대 제로죠! 아무것도 없으니까 자유에로의 절대 자유 생명 이것 뿐이죠!

한샘　키에르케고르는 고독을 가리킨 손가락이지 고독자체는 아니라는 거?

여학생1·2　예.

한결　외로움과 고독의 결정적 차이는 뭐죠?

여학생2　외로움은 늘 바깥 대상을 통해 외롭다는 에너질 해소하려고 하고,

여학생1　고독은 자기자신 안에 매미와 만년설인 흰빛 자체로 만족한 상태죠. 마치 아가얄 밴 어머니가 태교할 때 외로워

하는 거 보셨나요? 돈 한 푼 없는데도 삶이 경이롭고 만족스럽죠.

한샘·한결 　(신비가 느껴지는 웃음으로 합창) 외로운 한손끼리 서로 합치니 전체 한몸으로 행복합니다 이렇게!!

여학생2 　제4항, 인생이 진리자체로 살 권리에서 진리자체란 어떤 상태인지……?

한결 　사람들은 깨어 있고, 잠들어 있고의 차이만… 사람들 속에 매미와 만년설이 없는 사람은 아무도 없어. 이걸 셀프리멤버 즉, 자기기억이라고 부르는데 모든 사람들 피 살 뼈는 그 매미와 만년설 흰빛을 기억하고 있어요. 그땐,

한샘 　밥 들어오면 입 벌리고 잠 오면 눈 감는다.

여학생1 　예?

한샘 　낯 씻을 때 콧구멍이 아래로 뚫려 있어 참말로 다행이다.

여학생2 　예?

한샘 　추우면 옷 껴입고 더우면 옷 벗는다.

여학생1·2 　예?

한샘 　더울 땐 더위 속으로, 추울 땐 추위 속으로 들어간다.

여학생1·2 　예?

한샘 　(벼락치는 소리로) 옛一!

여학생1·2 　(빛 터지고)

한결 　질문이?

여학생1·2 　질문 주시겠어요?

한샘 　제7항, 살려줄 권리에서 맨 먼저 누굴 살려야 하는가?

여학생1 · 2   자기자신!

한결   이기주의자군요……?

여학생1 · 2   장님이 장님을, 당달봉사가 당달봉사를, 악플이 악플을, 악당이 악당을 인도합디까?

한샘   옳아요, 옳죠?

여학생1 · 2   지금 여긴 옳고 그른 게 없는데 무슨 헛소립니까?

한샘   왜?

여학생1 · 2   왜랄 것도 없는데 또 왜라뇨?

한샘   만질 수도?

여학생1 · 2   말도 손도 닿을 수가 없는데 어찌 만지랍니까?

한샘 · 한결   보여줄 수도?

여학생   (벌떡 서서 다가간다)

한샘 · 한결   (벌떡 서서 맞이한다)

여학생1 · 2   (두 스승의 뺨을 힘차게 갈긴다)

한샘 · 한결   (맞고, 크게 웃는다)

여학생1 · 2   (큰절)

한샘 · 한결   너희 둘은 뺨 때릴 기회도 주지 않으니 억울하다~

꺼지는 조명

조명 들어오면

무대는 제2경처럼 응접실 교탁.

한누리	(침묵)
한울	(손뼉 한 번)
한빛	(심봉사 하모니카로 나의 살던 고향은~ 연주)
남학생1	(침묵)
남학생2	(손뼉 한 번)
여학생	(자신의 하모니카로 나의 살던 고향은 꽃피는 산골~ 연주)
한누리	(일어선다)
한울	(일어선다)
한빛	(일어서더니 찌르릉 찌르릉 비켜나세요 자전거가~ 연주)
남학생1	(일어선다)
남학생2	(일어선다)
여학생	(일어서더니 자전거가 나갑니다 찌르르르룽~ 연주)
한누리	(앉는다)
한울	(앉는다)
한빛	(앉더니 나의 살던~ 빠르게 연주)
남학생1	(앉는다)
남학생2	(앉는다)
여학생	(앉더니 나의 살던~ 빠르게 연주)

한누리	이곳이 원숭이 키우는 곳이냐? 학생들은 말해 보아라. 답이 어설프거나 틀리면 당장 퇴학조칠 취할 것이다.
남학생1	진화한 원숭이가 사람 아닌가요? 다만 털없는 원숭이죠.
한누리	원숭이가 진화해 사람 됐다면 전세계 동사무소로 가서 한 번 샅샅이 물어보아라. (침묵)
남학생2	뭐라고 물어야…?
한누리	원숭이가 양복을 입고 주민등록증 교부받으러 온 일이 한놈이라도 있었는지? 치마저고리에 하이힐 신고 주민등록증 발급받아간 원숭이가 한년이라도 있었는지?
여학생	일찍이 검색해 봤는데 없었습니다.
한누리	그러면 두 말할 거 없다. 둘은 퇴학이다, 나가거라!
여학생	예? 너무 혹독하십니다!
한누리	거듭 강조하지만 이곳은 원숭이나 앵무샐 사람으로 진화시키는 곳이 아니기 때문이다.
여학생	지금껏 전세계 학교에선 진화론을 가르쳤잖아요. 진화론이 옳지 않다면 왜 지금껏?
한누리	다양한 생물이 환경에 따른, 진화론적 적응력을, 다윈이 발견하고 그것을 토대로, 진화론을 전개한 것까진 용인할 수 있어. 그러나 진화론적 상상력을 지나치게 확장시켜서 개그콘서트가 돼버렸잖아. 각국 언어가 존재하는데 이 언어를 사람이 앵무새한테 배웠다 주장하는 거와 무엇이 다른가? 아직도 원숭일 사람 조상으로 모시다니! 학생은 이 주장을 흔쾌히 받아들이는가? 이 어처구니없는

주장을?

여학생   지구가 태양을 중심으로 도는데도 태양이 지구를 중심으로 뜨고 진다고 표현하는 거와 같다는 거죠?

한누리   그 현상을 인식고착화 또는 습관적 인식오류라고 하는데… 사람들은 세상질서가 뒤집히는 걸 자신도 모르게 불안, 불편하게 여기는 경향성 때문에, 이런 오류가 지금껏 유지되는데… 옳건 틀리건 지식은 모두 남의 것! 지식의 주인으로 살게 해 주는 지혜가 닫혀 있으면 지식이 왕처럼 왕관을 쓰고 지식이 진리인 거처럼 굳히기 한다. 정보화시대를 이끄는 지식인을 뒤집기하면 한 마리 원숭이 아니면 귀여운 앵무새! 왜? 실재가 없는 지식이라는 박사 울타리에 갇혀서 똑똑하게 재잘재잘 논문발표를 하지만 남의 걸 베껴쓰기 흉내내기에 그치므로 지식은 늘 한 마리 원숭이 아니면 앵무새일 수밖에 다른 도리가 없어. 아니다, 다른 도리가 딱 한 길 있는데, 그 길은 지혜 자체로 살아가는 길이다. 이 길 아닐 땐 사람이 퇴화한 한 마리 원숭이거나 앵무새지!

남학생1·2   너무 심하게 저희들을…?

여학생   사람이 원숭이·앵무새 속성으로 살면 사람 아닌 거 맞는데 왜 심한 표현이라고 항변하는 거죠? 틀렸나요? 그럼 두 분은 퇴화론의 증인인가요?

남학생1   하모니카 불 듯 부드럽게 놀 수 없어 응?

남학생2   진리는 부드럽다 거칠다 그게 기준 아니잖아… 안 그래?

남학생1   너까지?

여학생   너까지가 아니라 넌 왜 여태껏 못 뚫고 막혀 있어?

남학생1   내가 막혔다고?

여학생   지금 벽상태야!

남학생2   지금 이러고 있는 우리가 원숭이보다 못한 겁니까? 사람
          아닌 겁니까?

한누리   (웃으며) 원숭인 진리를 놓고 아예 논쟁할 줄도 모른단다.

남학생1   내가 아무리 막혔어도 원숭이 아니라는 말씀 똑똑히 들
          었지, 사과 못해? (긴장감이 흐른다)

한누리   1990년대에, 일본 개코원숭이는 이웃 동족을 생채로 잡
          아먹기 시작했어요. 그 이전엔 없었던 육식섭취였는데,
          그것도 동족을 잡아죽여서, 동족의 뼈를 추려낸 다음 피
          와 살을 먹는 끔찍한 일이, 꾸준히 증가했어요. 그 원인
          이 뭐였겠나? 으응?

남학생1   뭐였죠?

한누리   아베세력이 전쟁할 수 있는 국가로 평화헌법을 없애기
          위해, 1990년대 초기부터 극우세력 키우는 교육을 신세
          대한테 본격적으로 강화시킬 때였거든. 이때에 뿜어진
          극우파들의 살육상념이 자연계의 개코원숭이한테 파고
          들어간 거였어. 상념통제력이 없는 개코원숭이의 순수
          초식습관이, 육식으로 바뀌는 충격적 변화를 자연계가
          우리 인간에게 보여줬어. 경고해 주느라 이 징조가 일어
          난 것이다. 자연계엔 자연계 자체를 지키기 위해, 인간에

게 새로운 정보를 전해 주는 초지성이 있는데, 이 초지성체를 알면 감동협객처럼 삶을 꾸릴 수 있고, 그러지 못할 땐, 지혜가 막힌 벽상태로 살아가는 것. 이 차이는 종잇장 한 장 차이! 동족육식살이로 바뀐 개코원숭일 보고 평화를 사랑하는 아시아 주변국들은 서로 뭉쳐서 미리 미국의 일본 옹립을 결사반대한다고 선언해야 했는데…… 방치시켜 지금은 일본이 극우파 주도로 유엔 상임이사국 지위까지…… 미국이 이걸 도와주고 있잖아. 중국 견제를 위해서…… 오직 그 이유 하나만 붙들고서! 패권의 노예처럼!

남학생1 어쩌죠? 어떻게 해야 지혜의 문을 열어 균형조화로운 평화세상을 이루죠?

한누리 간절 절실 신실한 질문인 거 보면 넌 확실히 벽상태를 넘어섰구나, 축하한다!

학생들 (박수)

한누리 너흰 자살을 왜?

여학생 저는 삼포세대이고

남학생1 저는 오포세대이며

남학생2 저는 칠포세대입니다.

한누리 결혼 · 직장 · 가족 · 집포기 · 뭐 이런 것인가?

학생들 네에—.

한울 그럼 경제난 사회 속에서 생존적 어려움 때문에 자살을?

학생들 그것만은 아닙니다.

한빛	뭐죠?
학생들	사회적 궁핍 속에서도 솟는 사랑에너질 풀지 못해서 그만…!
한빛	사회적 궁핍이 사랑의 굶주림으로 확장되어 괴롭히던가요?
여학생	예로 들자면, 이 두 분이 저를, 열렬히 사랑한다고 고백하지만, 고백을 듣는 그 순간은 기계적인 공장 노동력으로만 인식되어, 불쾌감과 피로감이 생기는데 문제는 그 불쾌감 피로감이 헤어져서는 무자극의 자극이랄까요? 언어도 아니고 짜릿한 감각도 아니고 아무것도 없고, 아무도 없어요. 그런데 안심이 일어나면서 이거구나 내적인 암호 같은 암호, 이거구나 궁핍한 부자라는 것이 이거! 이것을 사람들은 침묵하는데 바로 이것이 행복한 공허감, 공허한 행복감이라고 시인들이 표현하는 거구나, 이걸 알게 되었고, 전 이 상태가 지속적으로 유지되는 걸 원했어요.
한빛	남학생은 이 상태를 이해하세요?
남학생1	어렴풋! 행복…? 공허…?
남학생2	양념으로 잘 버무린 콩나물 가운데 가장 행복하고 공허한 콩나물 한 가락만 뽑으라면 뽑을 수 있나요? 뽑는다 해도 그건 엉터리죠. 제겐 사랑을 고백할 때, 상대가 받아주면 행복하고 안 받아주면 공허한 그런 차원이 아니라 거어ㅡ, 있죠? 거,

한빛   (침묵)

남학생2 행복감과 공허감에 대하여 우열을 가릴 수 있나요? 지극
히 주관적인 것이라 객관화 할 수 없는 거 아닌가요?

여학생 행복한 공허감이 사랑이고, 공허한 행복감이 사랑인 건
확실하고 확실해요. 남자는 자궁이 없으므로 이 상태를
쉽사리 느끼지도 못해요. 죽었다 깨어나도 보세요, 지금
모르잖아요? 왜 모를까요? 남자가 여자를 사랑한다고 말
하지만 그건 머리에서 일어나는 계산된 생각일 뿐이죠.
여자는 이 말을 듣고 좋거나 싫거나 고통스럽거나 짜릿
하거나 그 어느 쪽이든 헤어진 후에 행복감이 온다니까
요. 이 행복감은 공허한 자궁이 받아들였다가 저에게 그
느낌을 알려준다니까요! 남자에겐 이런 자궁이 없잖아
요. 자궁을 지닌 여성의 진술은 어디까지나 진실한 사실
이라는 거죠. 그러므로 남자가 알아둬야 할 것은 여성의
자궁이 평소에도 공허한 행복감, 행복한 공허감으로 충
만해 있어야만 새생명이 들어와도 그 속에서 태아는 건
강하게 자란다는 거죠. 만약 균형을 잃고서 태아가 못자
란 채 사라지면 자궁은 슬픈 공허가 돼 버리죠. 반대로
시종일관 행복·공허가 균형조화를 이뤄 태아가 튼실튼
실 나오게 되면 여성의 자궁은 이제부터 보이잖게 우주
적 자궁으로 팽창하는 것이죠. 이때를 사람들은 한결같
이 무어라 표현하는 줄 아세요? 여자는 약해도 어머니는
강하고, 여성은 좁아도 어머니는 우주보다 크고 깊다 하

잖아요.

한빛   이해되세요?

남학생   (침묵)

남학생1   자극은 남자한테서 받고 행복은 헤어져서 혼자만 다 느
          끼고…… 여잔 신비한 생명체라지만 과학적으로 이해할
          수 있는 신비라야지 그렇잖습니까?

여학생   여성 속엔 이미 남성이 있고 남성 속엔 벌써 여성이 있는
          데 남잔 자신 속에 잘 계신 여성을 먼저 만나려고 노력조
          차 하질 않잖아요? 저의 이런 인체에 관한 과학적 진술도
          귀찮아하는 거 아세요?

남학생2   첨 듣기라 생뚱거려요.

남학생1   (엄마 같은 자비로운 목소리로) 예식장에서 주례 보는 분이
          신부에게 물었대요. 신부는 아들 한타스 딸 한타스 낳은
          후 마지막으로 아들 한 분을 키워야 하는데 그분이 바로
          신랑입니다. 그럴 수 있나요? 이건 명주례사죠. 남편을
          막내아들로 삼지 않으면 명대로 못산다잖아요!

남학생2   예, 우리집 딱이네요.

남학생1   옆길로 새지 말고 이어 보라니까요?

여학생   자신 속에 계신 여성성을 만난 적 있나요?

남학생1   자신 속에 계신 남성성을 만난 적 있나요?

여학생   내 속에 계신 남성성은 한 줄기 빛같은 영성으로 상대의
          말씀뿐만 아니라 자신이 소통하고 싶은 말까지 침묵으로
          들려줘요!

남학생1 · 2   또 죽고 싶게 만드네‼

여학생   자살? 동반? 이젠 아니죠. 왜? 생각 멈춤이 되니까요!

남학생2   생각 멈춤?

여학생   어릴 때 우리들 대표적 멈춤놀이 알죠? 무궁화 꽃이 피었
          습니다…… 꽃이 피었습니다 하고 휙 돌아볼 때 움직이
          면 아웃 당하는 놀이죠. 이때, 움직이지 않으려면 어떻게
          해야 하죠? 자기 주시를 해야죠. 남자는 자기 안에 계신
          여성성을! 여자는 자기 안에 계신 남성성을! 주시하면 즉
          시 중심점이 생기죠. 어떤 이는 한쪽 다릴 든 상태, 어떤
          이는 허릴 구부린 상태, 어떤 이는 달리기 상태일지라도
          형성된 중심점, 내적 중심점이 흔들림을 완전히 막아주
          죠. 이땐 생각도 따라 멈춰요! 멈춤놀이 속엔 이 명상보
          물이 숨어있어요. 자살미수 경험 후로 난, 생각 멈춤놀이
          의 달인이 된 거죠. 내 진술은 여기서 완전 멈춤!

한울   자살동긴 아직?

남학생2   저 여인을 내 것으로 해야겠는데 그게 잘 안 되니깐 괴롭
          죠.

남학생1   좀 신비한 저 여인…… 접근하면 멀어지고…… 만날수록
          헤어질 예감이 엄습해 오고…….

남학생2   우리는 칠포세대로 사회적으로 서글픈…… 그래도 무슨
          짓이든 굶지 않을 경제적 활동엔 자신감 있었지만……
          쉬운 건 없었어요. 비정규직 계약은 해고당하기 일쑤
          고… 갈수록 실직 생계문제 속에 사랑이냐? 죽음이냐? 산

다면 얼마나 더 나은 삶이 될까? 안팎으로 제기되는 문제

의식⋯⋯ 결혼도 직장도 희망도 보이잖고⋯⋯.

남학생1 이런 상황에서 만났다 헤어질 땐 헤어지기 싫으니까 괴

로웠죠. 내가 이 친구한테 저 여인과의 사랑을 축복해

주고⋯⋯ 말하자면 오포칠포세대인 우리한텐 여자는 사

치품이다. 이런 생각으로 둘 다 저 여인을 포기해 버리

는⋯⋯ 그 순간 난 육포세대가 되고 저 친구는 팔포세대

가 되는데⋯⋯ 서글퍼 눈물이 나대요. 이때 저 여인이 우

리 둘한테 이별통보문을 보냈고, 우린 분을 악다물며 결

심했죠. 여인을 마지막으로 불러내 함께 죽자고! 셋이 만

나서 죽음요청을 하였고, 여인도 결국 동의했어요. 동의

하기 직전에 물어보대요.

한울 뭐라고?

남학생2 자살이 삶을 해치는 것이 아니고 삶을 완성하는 것이라

면 죽겠다기에 우리 둘은 삶의 완성이 맞다고 힘껏 말해

줬죠.

한빛 다른 분 유언은?

남학생2 사랑하는 너와 함께 죽을 수 있으니 삶의 완성이 맞고 난

행복하다!

남학생1 삶은 누구나 맘만 먹으면 죽일 수 있는데 죽음을 죽이려

면 우리가 어떻게 해야 할까? 다음 생이 주어진다면 이걸

내 손으로 꼭 풀고 말 테다!

한빛 그 다음?

남학생1   모텔 여주인이 포장된 연탄과 작은 화로와 번개탄을 냄새, 혹은 낌새로 눈치 채고 입실 후 수시로 탐문했대요. 우린 서로서로 손을 맞잡고 점점 가스로 혼수상태가…… 그 여주인의 신고로 119가 우릴 병원으로…….

한울   인터넷에선 자살동호회가, 그 사이트로 동반자살이 요즘도 일어나고 있는데, 자살예방에 도움말을 준다면?

남학생2   나의 의식이 자살생각을 내고서는 그 자살생각이 나의 의식까지 죽입니다. 헛깨비 생각에 참 소중한 하늘목숨을 맡기는 짓은 어리석음의 극치입니다. 한편, 내 자신의 의식과 관계없이 호흡하는 이 호흡이 굴욕적으로 느껴졌죠. 이때 생각의 포로가 되어 자살할 것이 아니라 호흡을, 회색 호흡을, 금빛 호흡으로 살려내는 것이 진짜 의식인 겁니다.

남학생1   죽음은 부활의 상징이지만 자살은 이 상징까지 용납치 않음을 깨닫고 두 가지 길을 제시합니다. 하나는 어떤 상황이든 철저히 견디며 사는 길이고, 다른 하나는 생각 멈춤의 길입니다.

한누리   생각 멈춤?

남학생1   (여학생 가리키며) 내가 부족하지만!

한누리   멈출 줄 모르는 생각을 완전 멈출 줄 알게 되면 긍정적 삶으로 삶이 통째로 바뀌게 되는데 그때, 먼저 일어나는 일이 어떤 것이며 무엇이 보이는가?

여학생   탐욕이 자살하고 텅빈 자궁 자체가 됩니다.

한누리   그렇다! 主人公이 죽는 영화는 없다. 그런 영화 본 기억
이 있는가? 주인공은 늘 있을 곳에 다 있고 늘 말없이 말
한다. 주인공이 없어야 할 곳에 있는 거 봤는가?

남학생1   겨울날 백설은 내릴 곳에만 내립니다. 내리지 못할 곳에
내리는 백설은 오직 심청이 뿐입니다. 이 백설은 어떻게
해야 내려옵니까?

한누리   심청이는 한 번도 만나지 않음으로 심청이를 만난다. 마
치 하얀 바람이 흰 빛 타고서 수억 겹의 그물망을 빠져
나감 없이 술술 빠져나가 만날 것은 다 만나듯이ー 누가
그것을 보여라!

남학생2   말씀이신 경전은 사람 마음이 싸갈긴 똥오줌과 그 똥구
멍을 닦은 화장집니다!

한누리   (벌떡 일어서서 무대 안 벽면에 이마 댄다)

모두들   (일어서서 멈춤놀이 시작)

한누리   흰빛이 피었습니다. 흰빛이 피었습니다. 흰빛이 피었습
니다(휙, 돌아본다)

모두들   (정지동작. 형체가 각양각색ー 조명 꺼진다.)

ー 막 ー

　어머니,

　심청전의 현대화─ 이 작품을 마무리로 전부 이루었습니다. 어머님께 바칩니다.

　한때 백령도 근처가 인당수라는 학자들의 주장은 물신적인 이 세상에 꼬옥 알맞은 경제적 수익사업으로 발상한 억지문화관광, 무지한 개발상품이라신 어머니!

　그럼 실상은? 쏜살처럼 질문했을 때 실상은, 사람들 이마 한복판인 인당!

　어린 저를 품고 안고 업어 키워주신 그때마다 전설과 위인전 민담 민요 시, 만트라 그림을 영혼에 새겨 주시던 어머님이 매우 보고 싶습니다. 자꾸 자꾸,

　"심청전을 시대에 맞게 아들이 되살려낸다면 그날부터 온맘 온 정성 다 모아서 노벨문학상 받도록 해줄게, 엄마가 빌면 노벨문학상 받는다!" 하셨죠.

　벌써 돌아가신 어머니,

　맨 먼저 빌어주실 일은 『한국불교문학』이 지면을 열어줘 작품 완성까지 온 일이므로 축복 주시고 앞으로도 꾸준히 끈기 있게 문학

의 새로운 역사가 형성되도록 빌어주소서. 이것이 되면 노벨문학상도 따라오기 때문입니다.

앞의 시집 4권과 함께 이 희곡집 《얼이둥둥 지금 여기 심청전》 등 5권을 국립중앙도서관에 등록한 '청공 김종석 문학전집' 1차분으로 우선 상재합니다. 무엇보다 시 창작에 몰두해 온 시인으로서 개인 이름을 표제로 내건 문학전집 1차분에 희곡집을 포함시킴으로써 남다른 자긍심이 생기는데 다름 아닌 "비로소 희곡작가 김종석답다!"가 기대되기 때문입니다.

돌아가신 어머니와의 언약 부분을 중심으로 생각할 때는 아직도 현대판 '심청전'의 완작은 여전히 뇌리와 가슴 세포들 하나하나에 촘촘히 살아있고, 또 고여 있어 미완이라는 느낌을 지울 수 없지만 말미의 단막희곡 '심청 손녀들이 판 갈다'에서 심청의 여섯 손녀를 중심으로 미래세대에 일등사회로서의 표본이 될 모계사회를 지향하며 완전에 가까운 진보적 형상미를 구축하였다고 생각되기에 제법 완성도 높은 작품이라는 평가 또한 기대하게 됩니다.

감동이라는 수단을 빌려 사람답게 살 참세상을 여는 사회, 정치 · 경제 · 예술 · 문화 · 교육 · 종교 등에 참다운 메시지가 제시되어야 한다는 점에서 집필 초기부터 감당하기 어려운 총체적 문제도 있었습니다만 벌이 꿀을 모으는 것처럼 참세상과 관련한 제재들을 끊임없이 모으고 밀봉하고, 또 다시 모으고 밀봉하며 그렇게 반복하여 왔습니다. 돌아보니 작품 착상에서부터 시작된 어머니와의 약속이 이번 작품집으로 출간되기까지 수십 년에 걸쳐 이어져 온 듯싶어 이 또한 감회가 새롭습니다.

어쨌든 수천 편의 시작품이 출간을 기다리는 현시점에서 재정적인 여건이 허락되는 한 다섯 권을 단위로 '청공 김종석 문학전집'은 2차, 3차 지속적으로 간행될 것입니다.

이제 이 글을 읽는 모든 분들께서 꼼꼼히 챙겨주시고 읽어주시고 창조적 비판을 가감 없이 던져주시길 기대하면서, 한편으로는 아낌없는 배려와 아량 또한 베풀어 주시기를 희망합니다. 더불어 본 청공 김종석 문학전집을 간행하느라 최선을 다하고 열과 성을 다 바쳐 임해 준 한누리미디어 김재엽 선생님을 비롯한 임직원 여러분께 다시금 고맙다는 인사를 드립니다.

그리고 선진규 한국불교문인협회 회장 겸 『한국불교문학』 발행인을 비롯한 장봉호 편집위원장님, 몸이 불편하심에도 불구하고 한국불교문학의 발전을 위해 헌신해 오신 조병무 주간 선생님, 그리고 신경림·홍윤기 시인 등이 포진해 있는 편집고문 및 편집위원님들, 특히 불굴의 의지로 똘똘 뭉친 『한국불교문학』 필진 제위님께도 고마움의 인사를 올리면서 좋은 시와 좋은 희곡 집필에 매진하여 우리 한국문단사를 거듭나게 하는 산모로서 오래도록 존재할 것을 다짐하며 또 다져봅니다.

문우님들의 건필 또한 기원하면서….

2017년 7월 길일에

청공 김종석 올림